카카오 80%의 여름

카카오 80%의 여름

카카오 80%의 여름

나가이 스루미 지음　김주영 옮김

비플 B+

카카오 80%의 여름

ⓒ 들녘 2008

초판 1쇄 발행일   2008년 4월 21일

지은이   나가이 스루미
옮긴이   김주영
펴낸이   이정원
책임편집   김인혜
펴낸 곳   도서출판 들녘
등록일자   1987년 12월 12일
등록번호   10-156
주소   경기도 파주시 교하읍 문발리 출판문화정보산업단지 513-9
전화   마케팅 031-955-7374   편집 031-955-7381
팩시밀리   031-955-7393
홈페이지   www.ddd21.co.kr

값은 뒤표지에 있습니다.
잘못된 책은 구입하신 곳에서 바꿔드립니다.

ISBN 978-89-7527-902-7 (04830)
       978-89-7527-900-3 (세트)

비플B+은 들녘의 디비전입니다.

프·롤·로·그·

"유키에는 이런 스타일이 어울릴 것 같아."

가슴에 레이스 장식이 달린 올리브그린 캐미솔과 하얀색 7부바지, 골드와 화이트로 된 망사 통굽샌들 그리고 하얀색의 작은 왕골가방.

요즘 유행하는 스타일처럼 보이면서 조금은 고상한 느낌도 든다.

"캐미솔이 너무 파이지 않았니?"

유키에가 미간을 약간 찌푸렸다.

"무슨, 캐미솔이 이 정도는 파여야지."

"그런가? 그래도 위에 걸칠 만한 게 있으면 좋겠어."

"이건 어때?"

나는 캐미솔과 비슷한 색깔의 카디건을 꺼내 보였다.

"잘 어울릴 것 같은데 한번 입어봐."

"음, 너무 애들처럼 보이지 않을까?"

유키에가 고개를 갸웃거렸다.

"그럼 검정색 바지는 어때요? 한층 성숙해 보일 텐데." 점장이 말했다.

유키에가 고개를 끄덕이자 점장이 활짝 웃으며 피팅룸으로 안내한다.

오모테산도 뒷골목에 있는 멀티숍. 나는 이곳에 자주 온다. 옷에 어울리는 가방이나 구두, 액세서리까지 모두 코디네이트 할 수 있는 점도 편리하고, 단골이다 보니 점장이 내 취향을 파악해 정확한 조언을 해주기 때문이다.

유키에가 좀처럼 피팅룸에서 나오지 않는다. 체형이 날씬해서 사이즈가 작아 쩔쩔맬 일은 없을 텐데. 입었던 옷을 정성껏 개고 있는 걸까? 유키에라면 가능하다.

같은 반인 유키에와 특별히 친한 사이는 아니지만 가끔 대화를 나눈다. 유키에는 책을 좋아하는데 그중에서도 특히 북유럽 신화를 좋아한다. 자기자리에서 룬 문자 일람표를 보던 유키에가 재미있어 보여 말을 건 것을 계기로 이따금씩 이야기를 나누게 됐다.

"북유럽 신화에서는 최고 신 오딘이 자신을 희생하면서 고대 룬 문자를 만들었다고 나와. 그런데 다른 한쪽에서는 덴마크에서 발견됐기 때문에 덴마크가 룬의 발

상지라고 하기도 해.”

그때 유키에가 한 말이다.

“그렇구나.”

룬 문자 자체를 이해하지 못한 나는 그것이 어떤 의미가 있는지 잘 몰랐다.

“나는 북유럽이 복지국가여서 관심이 아주 많아. 하지만 꼭 그 때문만은 아니야. 역사하고 신화도 무척 재미있어.”

우리가 다니는 고등학교는 M대학 부속이다. 성적이 웬만큼만 되면 자동으로 대학에 갈 수 있다. 유키에가 지망하는 사회복지학과는 몇 년 전에 신설된 학과로 점수도 그렇게 높지 않다. 유키에라면 가뿐하게 들어갈 것이다.

“미우라 넌?”

유키에가 묻기에 영문학과라고 대답했다.

특별히 가고 싶은 과는 아니었지만 누가 물으면 항상 영문학과라고 대답한다. 그런데 이렇게 대답하다 보니 정말로 영문학과를 지망하게 되었다. 자기암시. 난 진로를 이런 식으로 결정했다.

유키에와 나눈 대화는 책이나 진로에 대한 것뿐이다. 진지하다면 진지하고 피상적이라면 피상적일 수 있는

관계다. 그런데 갑자기 유키에가 옷을 사려고 하는데 같이 가줬으면 좋겠다고 말해 내심 놀랐다.

우리 학교는 사복을 입는다. 평상시 유키에는 니트와 무릎까지 내려오는 스커트를 입는다. 디자인이나 색상도 지극히 평범하고 얌전해 눈에 잘 띄지 않는다. 누구에게나 호감을 사는 옷차림이지만 인상적이지는 않다. 가끔 청바지를 입을 때도 있지만, 그다지 어울리지 않는다. 작은 몸집에 어깨까지 내려오는 생머리를 한 유키에는 반듯한 얼굴에 전체적인 인상은 수수한 편이다. 그래서 성숙한 느낌의 옷이 어울리지 않는 걸까 하고 내 멋대로 생각했다. 하지만 부탁하는 말을 듣고 유키에도 자기 나름대로 고민을 했을지 모른다는 생각이 들었다.

"잠깐 외출할 때 입을 옷이 필요해. 그런데 어디 가서 어떤 옷을 사야 할지 전혀 모르겠어. 부탁인데 함께 가줄래?"

조금 놀랐지만 그러겠다고 했다. 쇼핑을 싫어하는 것도 아닌데다 난 기본적으로 남의 부탁을 거절하지 못한다. 그렇다고 내가 착하다는 건 아니다. 그저 거절 자체가 귀찮을 뿐이다.

유키에는 정말 다행이라며 매우 기뻐했다. 별생각 없이 승낙했는데, 이렇게 좋아하니 미안한 감정마저 든다.

드디어 피팅룸의 문이 열렸다. 올리브그린 상의에 하얀색 바지를 입었다.

"어때?" 불안한 듯 묻는 유키에.

"잘 어울린다!"

지체 없이 말이 튀어나왔다. 유키에는 반신반의하는 표정이다.

"정말이야. 왜 거짓말을 하겠어."

"미우라, 괜히 나 생각해서 하는 말 아니야?"

유키에는 함께 쇼핑까지 오는 사이가 됐는데도 '미우라'라고 성을 부른다. 우리 반 애들은 친하지 않아도 '나기'라고 이름을 부르는데.

"내가 뭣 하러 그런 짓을 하니?"

나는 퉁명스럽게 대꾸했다.

"아니, 그냥 그런 생각이 들어서. 나 생각해서 칭찬해주는 게 아닌가 하고." 유키에가 말했다.

"정말 잘 어울려요." 점장도 말했다.

"그래요?"

유키에는 아직도 자신 없는 얼굴이다.

정말로 잘 어울린다. 날씬한 몸매는 더욱 돋보이고, 유키에가 입은 심플한 바지는 하얀 피부 때문인지 세련되어 보이기까지 한다.

“요조숙녀처럼 보여.”

“고맙게 여길게.”

유키에가 살짝 고개를 숙이며 대답했다.

“여길게? 완전 공주님 분위기잖아?”

유키에는 웃기만 했다.

“샌들도 신어봐.”

내가 권하자 유키에는 샌들을 신었다. 약간 기다란 골
드와 화이트 끈으로 발목을 돌려 감아 신는 디자인이다.
유키에가 힘들어하기에 묶는 걸 도와줬다.

“가방도 들어봐.”

옷과 어울리는 가방을 건넸다. 거울 앞에 선 유키에.

“와, 진짜 예쁘다.”

“그러게요!” 점장도 가세했다.

유키에는 약간 수줍게 웃으며 거울 앞에서 몇 번이나
자세를 고쳐 잡았다.

그 순간 깨달았다. 나의 둔감함에 쓴웃음만 나온다.
유키에가 옷을 사려는 건 남자가 생겼기 때문이다. 데이
트를 하러 나갈 때 입을 옷을 사는 게 틀림없다.

“괜찮은 것 같아.”

수줍어하며 유키에가 말했다. 유키에한테는 이 말이
자신에 대한 최고의 찬사인 듯하다.

"검정색 바지도 입어 봐도 돼요?"

"그럼요." 점장이 대답했다.

유키에가 피팅룸에 들어가고 잠시 뒤에 문이 열렸다. 바지만 검정색으로 바꿔 입었을 뿐인데 분위기가 확 달라졌다. 성숙해 보인다. 하지만 조금 어두운 느낌이 든다.

"유키에는 하얀색이 더 잘 어울려."

난 자신 있게 말했다.

"그런가?"

"그럼."

유키에는 고개를 살짝 끄덕이더니 입을 열었다.

"그럼 하얀색으로 할게요. 캐미솔하고 구두, 가방도요."

속전속결이다. 이렇게 되면 내가 오히려 당황스럽다. 오늘 의상을 코디네이트 한 사람도, 잘 어울린다고 말한 사람도 나지만 그렇다고 모두 살 필요는 없다. 하얀색 바지와 샌들만 사고 나머지는 집에 있는 옷과 맞춰 입어도 될 텐데.

"너무 무리하는 거 아니야?" 작은 소리로 말했다.

"괜찮아."

"정말?"

"응. 아르바이트비가 들어왔거든."

"아르바이트도 해?"

유키에는 살짝 웃기만 하고 대답하지 않았다. 옷을 갈아입고 온다며 피팅룸으로 들어갔다. 가게 안을 둘러보며 유키에가 나오기를 기다렸다.

"많이 기다렸지?"

유키에는 어딘지 후련한 표정이다. 그 마음은 잘 안다. 큰마음을 먹고 과감하게 쇼핑을 하면 기분이 상쾌해지면서 기운이 난다.

계산을 마치고 로고가 새겨진 쇼핑백을 손에 든 유키에와 나란히 가게를 나섰다.

"잘 가요. 또 들러요."

점장의 인사에 유키에는 가볍게 고개를 숙였다.

"차라도 마실까?"

내 말에 유키에가 고개를 끄덕였다.

"네가 잘 아는 데로 가자."

"초콜릿 전문점은 어때? 케이크도 있어."

"좋아. 미우라 넌 초콜릿을 좋아하는구나."

"내가 유일하게 먹는 단 음식이 초콜릿이야. 참, 그리고 미우라가 뭐니? 그냥 나기라고 불러."

유키에가 약간 놀란 표정을 지었다. 뭔가 말을 하려다 입을 다물고는 양 볼을 살짝 붉힌다.

"오모테산도에는 자주 오니?"

"가끔. 그냥 동네에서 살 때도 많아."

"시부야는?"

"거기도 가. 쇼핑 말고 클럽 갈 때."

"아아. 그럼 밤에 가겠네?"

너무나 당연한 질문에 쓴웃음이 나온다.

"응. 그리고 대체로 저녁은 밖에서 먹어."

"그렇구나."

초콜릿 전문점 앞에 섰다. 브랜드 로고가 새겨진 문을
밀고 들어서자 진열대에 놓인 다양한 모양의 초콜릿이
눈에 들어온다.

"맛있겠다!"

유키에의 얼굴이 환해졌다.

어수선한 소리에 잠이 깼다. 체육관에 간 아이들이 돌아오는 모양이다.

H고등학교 애들하고 밤에 만나기로 했는데 같이 안 갈래? 여름방학 때 우리 별장으로 놀러와, 하와이에 간다고? 오아후 섬? 아니면 마우이 섬? 말소리가 한데 뒤엉킨다.

나는 천천히 고개를 들었다. 잠이 온다. 머리가 멍하다. 종업식을 땡땡이치고 교실에서 잠을 잤다. 체육관에 모여 교장선생님의 말씀을 듣는 건 초등학교까지로 충분하다.

원래는 책을 읽으려고 가져왔지만, 지난밤 늦게까지 DVD를 본 탓에 독서시간이 수면시간으로 급변경. 어제

시간 가는 줄 모르고 봤던 프로는 '로스트'라는 미국 텔레비전 드라마다.

"애들아, 우리 단골 카페에서 1학기 쫑파티랄까, 여름방학 축하파티하지 않을래?" 매우 밝은 목소리다.

"여름방학 축하파티?"

"해피 홀리데이!"

"그건 크리스마스 때 하는 말이잖아."

깔깔대는 소리가 들렸다.

옆에 앉은 것이 미안해진다. 한참 신나게 웃는데 뚱한 얼굴로 있으면 흥이 깨질 테니까. 하지만 이 친구들은 그다지 신경 쓰지 않는 것 같다. 이미 익숙해졌는지도 모른다.

난 원래 아웃사이더다. 어떤 그룹에도 끼지 않았고, 낄 생각도 없다. 반 아이들과 무난한 이야기 정도는 하지만 그뿐이다. 또 그 정도가 좋다고 생각한다.

나는 시험을 봐서 이 학교에 들어왔고, 반 아이들 절반 이상은 초등학교부터 자동으로 올라왔다. 혹은 중학교부터. 고등학교부터 들어온 나와는 지내온 역사가 다르다. 자기들끼리 말이 잘 통하는 건 당연하다. 그럴 의도는 아니더라도 배타적인 분위기가 생기는 건 어쩔 수 없다.

항상 그룹을 지어 몰려다니지만 다른 사람에게 악의를 갖고 대하거나 공격적인 행동은 하지 않는다. 해를 끼치지도 않는다. 그냥 자신들이 유쾌하고 편하게 지내면 그걸로 만족하는 식이다. 좋은 가정에서 자란 탓에 누군가를 깎아내리면서 상대적으로 자신의 가치를 높일 필요성을 느끼지 못한다. 그런 의미에서는 성숙하다고 할 수 있다.

"파티를 마치면 우리 집에 와도 돼."

무리 중 한 명이 의미심장한 눈빛으로 말했다.

"좋은 물건이 있어."

"와아, 정말?" 소리 죽인 탄성이 터진다.

"나도 좋은 게 있으면 가지고 갈게."

또 다른 아이가 말했다.

명문가의 딸들이지만 나름대로 위험한 짓도 한다. 좋은 물건이라는 건 아마도 술이나 담배일 것이다.

무슨 바람으로 그랬는지 모르지만 나도 딱 한 번 '좋은 물건 지참 파티'에 초대받은 적이 있다. 모처럼 받은 초대라 미안하게 생각하면서도 거절했다. 그렇다고 그 아이들이 마음에 담아두는 건 아니다. 무리하게 강요하지도 않는다. 그 점이 좋다.

마치 울긋불긋한 아름다운 꽃들로 가득찬 화단 같다.

여기는 국화, 여기는 장미, 여기는 샐비어, 이렇게 종별로 나뉘어 저마다 아름다움을 과시한다. 난 화단 근처에서 자라는 관목이라고나 할까?

난 대체로 이 아이들과 조금 떨어진 곳에 혼자 멍하니 서 있다. 교실을 이동할 때나 점심시간에 혼자 있는 건 익숙해지고 나면 별로 대수로운 일이 아니다. 오히려 자유롭고 마음 편하다.

어설피 말을 거는 편이 더 당황스럽다. 아이들이 한창 열을 올리는 화제에 공감할 수 있을 것 같지도 않다. 좀 전에 말했던 해피 홀리데이 파티 따위에는 조금도 흥미가 없으니까. 분위기를 맞추느라 일부러 웃는 것도 체질에 맞지 않는다.

게다가 난 혼자서 잘 버티는 나 자신이 꽤 마음에 든다. 초등학생 때, 여자 친구 무리에 끼지 못하는 날 보며 엄마는 걱정하기는커녕 떼로 몰려다니는 양은 야생미가 없다고 말했다.

하품을 하다가 맨 앞자리에 앉은 유키에와 눈이 맞았다. 입을 크게 벌린 날 보며 살짝 웃는다. 쓴웃음을 지으며 손으로 입을 가렸다.

유키에는 아직도 날 본다. 무슨 할 말이라도 있는 걸까? 아니면 잠이 덜 깬 내 얼굴이 재미있는 걸까?

'할 말 있어?' 라는 의미로 눈썹을 치켜뜨고 유키에를 바라보자, 아무것도 아니라는 듯 고개를 가로저으며 몸을 앞으로 돌렸다.

유키에도 고등학교 때부터 여기에 들어온 부류다. 유키에 역시 한 그루의 관목이다.

'지드' 는 시부야에서 흔히 볼 수 있는 클럽하우스가 아니다. 낮에는 차를 팔고 밤에는 주로 술을 파는 차분한 분위기의 가게다.

다이칸야마 역에서 조금 걸어가면 나오고 사이고야마 공원과 가깝다. 카페는 그렇게 넓지 않지만, 거울을 효율적으로 사용해서 그런지 답답하지 않다. 허스키한 여자 가수의 노래를 많이 튼다.

가장 인기 있는 자리는 밖이 보이는 테이블이지만, 난 주로 카운터 자리에 앉는다. 선반 위에 가지런히 놓인 여러 종류의 술. 아름다운 모양의 술병이 조명을 받아 반짝반짝 빛나는 모습은 예전에 엄마와 함께 갔던 파크 하얏트 호텔의 스카이라운지에서 내려다본 야경과 닮았다.

"안녕하세요?"

마스터에게 인사를 하면서 의자에 앉았다. 기네스 맥주와 파스타를 주문했다. 마스터가 즉시 접시에 땅콩과

초콜릿을 담아 내온다. 다른 손님들의 접시에는 땅콩뿐이다. 초콜릿은 마스터가 나에게만 주는 특별 서비스.

원래 엄마와 함께 오던 곳이다. 토요일이나 일요일, 엄마가 저녁 하기 귀찮다고 할 때면 여기에 왔다. 엄마가 그렇게 말하는 경우는 매우 잦았기 때문에 거의 매주 왔다고 볼 수 있다.

요즘에는 엄마와 함께 오지 않는다. 엄마는 엄마대로, 난 나대로 스케줄이 있으니까.

그 무렵 난 진저에일을 마셨다. 요리가 나오기를 기다리는 동안 엄마는 땅콩을 먹으며 맥주를 마셨고, 난 그 옆에 앉아 가방에서 초콜릿을 꺼내 진저에일과 함께 먹었다. 마스터는 밖에서 사온 음식을 먹는데도 싫은 내색 없이 웃어주었다.

"초콜릿을 좋아하는구나."

"애가 좀 특이해." 엄마가 말했다. "어릴 적부터 단 초콜릿은 먹지 않고 카카오 초콜릿만 먹었어. 그것도 카카오 80퍼센트가 넘는 쓴 초콜릿만. 요즘에는 카카오 초콜릿이 붐이라 여기저기서 쉽게 살 수 있지만, 예전엔 수입식품점에 가야만 살 수 있어서 얼마나 힘들었다고. 근데 카카오 초콜릿이 먹고 싶다고 어찌나 떼를 쓰던지 고생 좀 했지."

"술을 잘 마실 소질이 보이는 걸?" 마스터가 말했다.

그 뒤, 나에게는 항상 특별 서비스로 카카오 초콜릿이 나온다.

파스타가 나왔다. 올리브유와 마늘 향이 짙은 맛있는 냄새.

"이제 곧 여름방학이지?" 마스터가 물었다.

"네, 오늘 종업식 했어요."

"아, 그래?"

파스타를 먹었다. 아주 간단해서 만들기 쉬워 보이는 음식이지만 집에서 만들면 결코 이 맛이 나지 않는다.

"요즘 우리 엄마 와요?"

"지난주에 오셨어."

"잘 지낸대요?"

"응, 나기하고 같은 걸 먹었어."

"아, 역시."

"그리고 나기하고 똑같은 질문을 했어. 우리 딸 잘 지내냐고."

모녀가 서로의 안부를 지드 마스터에게 묻는다. 웃음밖에 나오지 않는다.

"요즘 엄마가 출장 때문에 집을 비우는 일이 많아요. 집에 들어오더라도 밤늦게 오고, 아침에는 자고 있기 때

문에 도통 대화할 시간이 없었어요."

나도 모르게 변명을 하고 만다.

"여전히 바쁘신 모양이구나."

"그런가 봐요."

최근에는 연애를 하느라 더더욱 바빠진 모양이다. 어쩌면 이번에야말로 재혼을 할지도 모른다. 엄마는 마흔 셋이지만 열일곱인 나보다 사랑에 대해 훨씬 적극적 아니 정력적이다.

"우리 가게가 야기네 사서함이네. 용건은 우선 여기에 보관해두는." 마스터가 웃었다.

"미안해요."

"아니야, 도움이 된다면 나야 기쁘지."

우리 집은 지드에서 걸어서 7~8분 걸리는 맨션의 맨 위층이다. 자산가였던 외가의 유산과 엄마와 헤어진 뒤에도 여러 모로 신경을 써주는 아빠, 또 본인의 주장대로 열심히 일하는 엄마 덕분에 우리는 비교적 유복한 모자가정이다.

거실에서 '부재중 전화' 램프가 깜박였다. 나에게 용건이 있는 사람들은 휴대전화로 연락을 하기 때문에 엄마를 찾는 전화려니 생각하고 그냥 두었는데 다시 전화

가 울렸다. 이 전화도 부재중으로 넘어갔다.

"안녕하세요? 가사하라라고 합니다."

중년 여자의 목소리다.

"가사하라 유키에의 엄마 됩니다만, 미우라 나기 양과 통화를 하고 싶어서 전화드렸습니다. 혹시 그 댁에 우리 유키에가 가지 않았나요? 연락 부탁드리겠습니다. 저희 집 전화는……."

반사적으로 수화기를 들었다.

"여보세요?"

"어! 미우라 나기 양?" 조금 놀란 목소리다.

"네."

"집에 있었구나. 우리 유키에는 어디 있니?"

"어……, 유키에요?"

무슨 일이지? 설마 유키에가 날 만난다고 했나? 데이트하러 나가는 핑계로 날……?

하지만 오늘 유키에하고는 특별히 말을 주고받지 않았다. 순간 입이 찢어져라 하품하는 날 바라보던 유키에의 모습이 떠올랐다. 유키에는 나에게 할 말이 있었는지도 모른다. 부탁이 있었는데 차마 꺼내지 못했던 걸까?

아이, 정말! 당황스럽다.

유키에, 아무 말도 없이 이러면 곤란하잖아. 나하고

사전에 말을 맞췄어야지.

어떡하면 유키에 입장을 난처하게 하지 않고 처리할 수 있을까 열심히 머리를 굴렸다.

"유키에가 아직 들어가지 않았어요?"

"아직. 우리 유키에하고 함께 있었지? 몇 시쯤에 헤어졌니?"

"네에, 그게…… 아, 참! 유키에 휴대전화로 걸어보지 그러세요?"

"걸었는데 받질 않아. 그래서 집으로 전화를 건 거야."

"네, 그러세요."

"나기야!" 애가 타는 목소리다.

유키에한테는 미안하지만 적당히 둘러댈 상황이 아니다.

"전 유키에하고 함께 있지 않았어요."

"뭐?"

"유키에가 절 만난다고 했나요?"

짧은 침묵 뒤에 유키에 엄마가 말했다.

"그런 건 아니지만 달리 짐작 가는 곳이 없어서 그래. 요전 날 우리 유키에하고 같이 쇼핑 갔지? 평상시에 입지 않는 옷을 사왔기에 어쩐 일이냐고 물어봤어. 가슴이 파이고 약간 화려한 옷 말이야. 그랬더니 네가 골라줬다

고 하더구나."

"네, 그때는 함께 갔어요."

"나기 넌 오모테산도나 시부야에도 자주 놀러간다면
서? 저녁도 밖에서 먹을 때가 많고."

"네에."

"아마 네 말을 듣고 우리 유키에도 가보고 싶었을 거
야. 분명해."

"글쎄요."

"여름방학도 됐으니까 스트레스도 풀고 싶었겠지."

"전 잘 모르겠는데요."

"그래서 난 당연히 너하고 함께 있는 줄 알았는데."

그렇게 마음대로 생각하시면 곤란하죠.

"어디로 간다는 말도 없었어요?"

"저녁에 일을 마치고 돌아와 보니 그 시간이면 늘 있
던 유키에가 없는 거야. 이상해서 유키에 할아버지한테
물어봤는데, 깜박 졸았는지 애가 언제 나갔는지 모른다
고 하더구나. 식탁 위를 보니까 성적표하고 이상한 메모
만 있지 뭐니."

"메모요?"

" '일주일쯤 있다가 돌아올게요. 캠프에 참가했다고
생각하시고 걱정 마세요' 라는 메모."

"캠프요? 무슨 캠픈데요?"

"그걸 몰라 이렇게 전화를 한 거 아니겠니. 난 네가 어디 가자고 해서 놀러간 줄 알았지. 캠프는 그냥 핑계고."

"전 모르는 일이에요. 유키에한테 어디 가자고 한 적도 없고요. 유키에와 함께 나간 건 요전 날 한 번밖에 없었어요."

"그래도 무슨 말은 들었을 거 아니니. 유키에가 그런 옷을 샀다는 것 자체가 이상한 일이야. 어디 갈 때 입는다고 했니?"

'그런 옷'이라는 표현이 걸린다. 유키에한테 정말 잘 어울렸는데.

"잠깐 외출할 때 입을 옷이 필요하다고 했어요."

"잠깐 외출할 때? 아니, 어디를 나가는데?"

말투가 거칠다.

"그건 모르겠어요."

"숨기지 말고 사실대로 말해주렴."

"숨기는 거 없어요."

말을 하면서 생각했다. 남자친구가 아닐까? 남자친구와 함께 여행간 것이 틀림없어.

캠프에 참가했다고 생각하라는 건 진짜 캠프는 아니지만 그와 비슷한 것에 참가한다는 의미다. 보통 남자친

구와 가는 여행을 캠프에 간다고 하나? 성숙한 여인이 되기 위한 캠프라는 뜻인가? 꽤나 박력 있는 걸.

그렇지만 일주일은 너무 길다. 여름방학이 되기만을 손꼽아 기다렸을 남자의 마음도 이해는 가지만, 아무리 그래도 분별력 없는 사람이란 생각이 든다. 드디어 둘이서 지내게 됐다는 사실에만 마음이 쏠려 다른 건 생각하지도 않았던 걸까? 유치하다.

유키에는 괜찮을까?

"일주일이라고 했지만 더 빨리 돌아올지도 모르잖아요. 아직 10시도 안 됐는데 조금만 더 기다려보세요."

나에게도 밀려드는 불안을 떨쳐내듯 말했다.

"유키에는 밤늦게까지 노는 애가 아니야. 지금까지 이렇게 오랫동안 집을 비웠던 적도 없었고."

유키에의 엄마는 잠시 말을 멈췄다. 마치 나에게 시간을 주는 듯하다. 네가 유키에를 불러냈으면 당장 자백하라는 식으로.

말도 안 돼! 내가 무슨 책임이 있다고!

"괜히 이상한 일에 말려들지 않았으면 좋으련만."

"이상한 일이오?"

"왜 있잖니. 요즘 얼마나 흉흉한 사건들이 많아."

"메모를 남겼다는 건 유키에가 스스로 나갔다는 뜻이

잖아요."

"그야 그렇지." 갑자기 목소리 톤이 낮아졌다. "경찰에 연락할까 생각해봤는데, 제대로 상대나 해줄지 어떨지……."

여름방학을 하자마자 달랑 메모만 남겨두고 가출한 여고생. 그런 애들은 시부야에 흔하디흔하다. 유키에는 그런 짓을 할 아이가 아니라고 해봤자 유키에를 모르는 사람이 과연 어디까지 믿어줄지도 의문이다.

"그래, 알았다." 유키에의 엄마는 결단을 내린 듯이 말했다. "조금 더 기다려봐야지. 그사이에 유키에한테 연락이 올지도 모르고."

"네."

"만약에 우리 유키에한테 연락 오면 바로 알려줘."

"그럴게요."

"혹시 모르니까 휴대전화 번호 좀 가르쳐 줄래?"

'혹시 모르니까'는 무슨 뜻일까? 그렇다고 싫다고 할 수도 없는 노릇이다. 전화번호를 불렀다.

전화를 끊자마자 여러 가지 생각이 한꺼번에 몰려왔다. 오늘밤 유키에를 불러낸 사람이 나라고 단정 지은 유키에 엄마에 대한 불쾌감, 당혹스러움, 짜증. 남자친구와 여행을 떠나면서 일을 흐리멍덩하게 처리한 유키

에의 어설픈 행동도 황당하기 그지없다. 그 불똥이 나에게 튄 것도 억울하다.

유키에는 정말로 남자친구와 여행을 떠났을까? 그렇다면 다행이지만, 만약에 그렇지 않다면…….

완전히 숙맥은 아니지만, 노는 것과 거리가 멀어 보이는 유키에라서 더 불안하다. 유키에의 엄마 말대로 이상한 일에 말려든 것은 아닐까 하는 걱정이 더 크게 밀려온다. 애당초 남자친구가 있기는 한 걸까?

옷을 사러 갔을 때 유키에는 캐미솔이 너무 많이 파인 게 아니냐며 걱정했다. 남자친구와 함께 지낼 거라면 가슴이 더 파인 옷을 골랐을 것이다. 일부러 덧입을 옷까지 고를 필요가 있었을까? 하지만 유키에의 성격으로 보면 노출 자체를 싫어할 수도 있다.

또 하나 마음에 걸리는 것은 일주일 동안 여행을 갈 생각이었다면 옷을 더 샀을 거라는 점이다. 유키에가 고른 옷은 한 벌뿐이었다. 하긴, 그건 지갑 사정도 있을 테니까. 유키에는 그때 샀던 한 벌과 평소에 입던 옷을 가지고 갔을까?

유키에의 휴대전화로 전화를 걸었지만, 전원이 꺼져 있는지 연결되지 않았다. 읽을지 말지…….

설사 읽는다 해도 답변을 줄지 모르겠지만, 일단 연락

을 달라는 메일을 보냈다.

잠이 올 것 같지 않아서 책가방에 넣어두었던 책을 꺼냈다. 링컨 라임이라는 천재 수사관이 등장하는 미스터리 시리즈물이다. 링컨은 전 뉴욕시경 과학 조사부장이었다. 사고로 척추를 다쳐 사지가 마비된 링컨은 현장에서 지휘를 할 수는 없지만, 아멜리아 색스라는 여경을 파트너로 두고 수사를 한다.

잠시 서스펜스의 세계에 몰두해 있는데, 현관 자물쇠를 여는 소리가 들렸다. 엄마다. 술과 향수 냄새.

"어서 와."

"엄마 왔어. 역시 집에 왔을 땐 맞아주는 사람이 있어야 해. 피곤이 싹 날아가는걸!"

엄마가 소파에 몸을 날리며 소리쳤다.

"그럼 이 시간대에 들어오면 되잖아."

"그렇긴 한데, 그게 또 그렇게 안 돼요. 정리할 일도 있고, 사람 만날 약속도 있고."

그럴싸한 말을 하고는 우후후후 하며 웃는다.

"웃음소리가 뭐 그래? 기분 나쁘게."

"나기야, 그 옷 어울린다. 요전 날 엄마가 사다준 옷이지?"

"어? 응."

검정색 민소매 니트. 성기게 떠서 속이 비치는 얇은 옷이다. 난 검정색 민소매 티셔츠 위에 받쳐 입는다. 엄마가 파리에서 열린 학회에 갔다 오면서 사다줬다.

"파리 여자애들은 맨살에 입더라. 젖꼭지가 훤히 보이게. 섹시하게 말이야."

"나도 그렇게 입으란 말이야?"

"누가 그러라니? 패션 트렌드를 알려준 것뿐이야. 일본 남자들은 강한 자극에 익숙하지 않아서 네가 입은 스타일이 무난해."

눈의 초점이 흐리다. 졸린 모양이다. 엄마는 대학에서 일본어학을 가르치는 조교수다.

"미키 조교수님, 그만 주무시죠?"

미키는 엄마 이름이다. 아름답고美 고귀하다는貴 뜻.

"침대로 데려다줘." 날 향해 양팔을 뻗으며 말했다.

"그게 딸한테 할 말이우?"

"하긴."

그러면서도 여전히 소파에서 꼼지락거린다.

엄마는 술에 취하면 특히 어리광이 심해진다. 이혼한 이유도 그 때문이겠지. 아빠는 IT기업의 연구원이었다. 실리콘밸리와 도쿄를 3개월 단위로 오가는 생활을 했다. 3개월만 있으면 도쿄로 돌아오기 때문에 대수롭지 않다

고 생각할 수도 있겠지만, 엄마는 아빠가 없을 때마다 굉장히 불안해했다. 시차 따위는 안중에도 없이 아빠에게 전화를 걸어 외롭다고 했다. 처음에는 그래, 그래, 하며 참을성 있게 엄마의 말을 들어주던 아빠도 결국은 엄마를 상대하는 데 지쳤던 모양이다. 근무 중에는 전화하지 말라고 했다. 지극히 당연한 말이지만 엄마는 견디지 못했다. 과음을 하고 울기만 했다. 아빠 대신 가까이 있는 남자에게 전화를 걸어 외롭다고 하소연했다. 하필이면 그것도 자신이 근무하고 있는 대학의 학생에게. 그리고 잤다.

엄마는 아빠에게 다른 남자와 같이 잤다고 고백했다. '너무 외로워서 미쳐버릴 것만 같았어, 그래서 술을 마셨는데, 그랬더니 더 외로운 거야.' 이런 말을 하면서. 나는 엄마의 이런 태도를 도무지 이해할 수 없다.

그렇게 외로우면 엄마도 실리콘밸리에 가면 좋겠지만, 그러면 이번에는 아빠가 도쿄에 있는 3개월 동안 또 다른 남자와 이상한 관계에 빠질 것이다. 방법은 엄마가 일을 그만두고 아빠와 함께 실리콘밸리와 도쿄를 오갈 수밖에 없지만, 엄마는 자기 일을 너무나 사랑했다. 게다가 나도 3개월마다 학교를 옮겨 다닐 수는 없는 노릇이다. 엄마는 이러지도 저러지도 못할 상황이었던 것 같다.

엄마는 남자가 옆에 없으면 안 된다. 매일매일 그날 있었던 일을 시시콜콜 다 말하고, 같은 침대에서 자고, 쉬는 날에는 함께 외출해야 한다. 하지만 아빠는 성격이 정반대다. 혼자 있는 시간이 반드시 필요하다고 생각하는 남자다.

"나기야, 미안하구나. 아빠는 더 이상 엄마 곁에 있어주지 못하겠어. 안타깝지만 이혼이란 방법을 선택할 수밖에 없었단다. 그래도 나기 아빠인 건 변함없으니까 무슨 일이 있으면 언제든지 연락해야 한다, 알았지?"

아빠는 이 말을 마지막으로 근무처를 실리콘밸리로 옮겼다. 내가 아홉 살 때였다. 아빠와 엄마 사이에 있었던 일은 중학교를 졸업했을 때 엄마 입으로 직접 들었다.

혼자가 된 엄마는 늘 연애를 했지만, 몸과 마음을 다해 남자에게 기대는 엄마를 받아줄 기특한 남자는 나타나지 않았다.

그런데 최근에 사귀는 남자는 예감이 꽤 좋다. 한 번의 이혼경력이 있는 대학교수로 정년퇴직이 코앞에 다가온 내리막길에 들어선 남자지만, 오히려 엄마한테는 그런 사람이 어울릴지도 모른다. 시간과 돈이 없으면 엄마와 사귀는 건 불가능하니까.

"샤워하는 거 귀찮아."

엄마는 소파에서 발버둥을 쳤다.

"그래도 하는 게 좋을 걸. 머리 냄새 나는 여자는 남자들이 싫어하잖아."

엄마는 그제야 정신이 드는지 천천히 몸을 일으키고는 내 손을 흘끗 보더니 물었다.

"제프리 디버 소설 읽었어?"

"응."

"링컨이란 남자 섹시하지?"

이 말을 하고는 터덜터덜 화장실로 향한다. 엄마의 뒷모습을 보며 생각했다. 만약에 내가 캠프에 다녀온다는 메모를 남기고 일주일 정도 사라진다면 엄마는 어떻게 할까? 내가 없어서 외롭다고 할까? 우리 나기가 없으니까 미쳐버릴 것 같다고 하며 남자에게 달려가겠지.

생각하니까 허무해진다. 잠이나 자자.

다음 날 아침, 전화벨 소리에 잠을 깼다.

7시 30분. 여름방학인데…….

유키에한테 연락이 올까봐 휴대전화를 베개 옆에 두고 잔 것이 잘못이었다. 전화를 건 사람은 유키에 엄마였다. 전화를 받자마자 탄식부터 흘러나온다.

"유키에한테 연락이 없구나."

그녀의 머릿속에는 지난밤 대화가 끝나지 않은 것 같다. 그러니까 아침 일찍 미안하다는 말도 없지.

"너한테는 있었니?"

"아뇨."

"나기야 지금 경찰서에 가려고 하는 데, 있다가 우리 집에 좀 와줄 수 있니? 유키에가 쓰던 컴퓨터가 있는데

그걸 봐줬으면 좋겠는데…… 내가 만질 줄 모르거든."

"컴퓨터요?"

"응."

"할 줄 아는 사람 없어요?"

"우리는 유키에, 할아버지 그리고 나 이렇게 셋이서 살아. 유키에 아빠는 일 때문에 지방에서 살고. 컴퓨터는 유키에밖에 쓰지 않거든."

그렇다고 왜 내가 가야 하나 하는 생각이 들었지만 차마 말은 하지 못했다. 마치 나 때문에 유키에가 가출한 마냥 한 소리 들을 것이 뻔하다.

"네, 그럼 조금 있다가 갈게요. 어떻게 가야 하는지 알려주세요."

"지금 약도를 팩스로 보낼게."

졸리다. 자면서도 유키에 생각을 하느라 깊이 자지 못했다. 천천히 침대에서 일어나 화장실에 가면서 보니 엄마 방문이 닫혀 있다. 아직 자나 보다. 오늘 강의는 오후부터겠지. 대학교 선생님들은 참 편한 것 같다.

양치질을 하는데 거실 쪽에서 팩스 수신음이 들렸다. 유키에의 집 약도다. 신속하다.

유키에 집은 오다큐센 교도에 있다. 역에서 다시 버스를 타야 한다. 우리 집에서 40분 정도 걸리려나? 약도를

접어 수첩에 끼웠다.

옷을 갈아입고 간단히 화장을 한 뒤 집을 나섰다. 아직 여덟 시 반도 되지 않았는데 햇볕이 강하다. 선크림을 정성스레 바르고 나오길 잘했다. 오늘 하루도 무더울 것 같다.

아침을 먹지 않아서 셀프서비스 커피숍에 들어갔다. 아이스 카페오레와 크루아상을 쟁반에 담고 빈자리를 찾았다. 구석에 있는 흡연석에서 한 남자가 나를 보고 손을 흔든다. 처음엔 누군지 알아보지 못했지만, 다시 얼굴을 보는 순간 알아차렸다. 지드의 마스터다.

"웬일이에요?"

"웬일이야?"

둘이서 동시에 말이 튀어나왔다.

마스터가 웃었다.

"보다시피 아침이야. 가게 열기 전에 먹어둬야지."

"저도 아침이에요."

자리에 앉아도 되는지 물은 후 맞은편 의자에 앉았다.

"아침 일찍부터 어디 가려고?"

"친구네 집에요."

"그래?" 마스터가 눈썹을 치켜떴다.

"왜요, 이상해요?"

"이상하긴. 그냥 좀 놀랐을 뿐이야. 나기는 우리 가게에 친구를 데리고 온 적이 한 번도 없잖아. 그런데 아침 일찍부터 놀러 갈 친구가 있다니 좀 의외여서."

"그렇게 친한 것도 아니고, 놀러가는 것도 아니에요."

"무슨 말이야?" .

"먹고 나서 말해도 돼요?"

"물론. 나도 배가 고프니까."

크루아상을 먹고 아이스 카페오레를 마셨다. 배가 고파서 그럴 수도 있겠지만, 웬일인지 당황스럽다. 지드에서 보던 마스터와 전혀 다르게 느껴졌기 때문이다. 한마디로 젊다. 카페에서는 늘 하얀색 셔츠에 검정색 일자바지만 입는다. 머리도 단정하게 정리한다. 그런데 지금은 카키색 반바지에 브이넥 티셔츠 차림이고 방금 감은 듯한 머리에는 물기가 있다. 샌드위치를 먹는 모습이 꾸밈 없는 아이 같다.

솔직히 지금까지 마스터는 30대 중반, 그러니까 엄마 세대에 가까운 어른이라고 생각했다. 그런데 아닐지도 모른다는 생각이 들었다.

아무 말 없이 크루아상 먹는 데만 집중하다 보니 금세 다 먹었다.

"자, 그럼 들어볼까? 친구 집엔 왜 가는데?"

마스터가 말했다.

냅킨으로 손을 닦고 나서 유키에가 사라진 일, 얼마 전 유키에와 함께 쇼핑을 갔던 일, 유키에의 엄마가 컴퓨터를 봐달라고 부탁한 일을 말했다. 유키에는 가출을 할 만한 아이가 아니라는 점도 덧붙여서.

"그럼 나기는 유키에가 남자친구하고 여행을 갔다고 생각하는구나."

"음······." 대답을 흐렸다.

"아니야?"

"이해가 안 가요. 남자친구하고 간다면 보통 부모님한테는 철저하게 비밀로 하잖아요."

"그렇지. 유키에한테 사귀는 사람은 있었고?"

"사귀는 사람이 있는지 어떤지 잘 몰라요. 그런 말은 한 적이 없었으니까. 만약에 있다고 하더라고 일주일은 너무 길어요. 둘이서 처음 가는 여행이라면 하룻밤으로 충분하지 않아요? 아니면 이틀이나."

"나도 같은 생각이야. 처음부터 여자친구를 데리고 일주일씩이나 여행은 안 가지. 그것도 여자친구가 고등학생이라면 더더욱."

그러면 마스터도 1박이나 2박 정도는 여자친구와 여행을 가는구나. 여자친구가 고등학생인지는 모르겠지만.

“저기, 마스터는 몇 살이에요?”

“스물아홉.”

“내가 처음 지드에 갔을 때가 중학생 때였는데, 그럼 그때 마스터는 스물넷이나 스물다섯이었어요?”

“그랬겠지?”

“그렇게 젊은 나이에 카페를 차리다니 대단해요!”

“가게 주인은 따로 있어. 난 고용된 몸이고.”

“그래도 굉장해요.”

“별거 아냐. 주인이 친척인걸.”

작은아버지의 가게라며 마스터는 왠지 쑥스러운 듯 말했다.

“아, 그렇군요.”

“그보다 마스터라고 부르지 말고 이름을 불러. 내 이름은 고쿠후 신노스케야.”

“알았어요, 고쿠후 씨.”

“이름으로 부르지?”

“아니에요. 나보다 나이도 많고.”

“나기 편할 대로 불러. 아무튼 다시 유키에란 친구 이야기로 돌아가면, 내가 마음에 걸리는 건 메모야. ‘일주일쯤 있다가 돌아올게요. 캠프에 참가했다고 생각하고 걱정 마세요’라고 쓴 거 말인데, 캠프에 참가했다고 생

각하라는 말이 아무리 생각해도 이상해.”

“캠프가 아니라는 말이죠.”

“맞아. 그런데 일부러 그렇게 써놓고 갈 필요가 있었을까? ‘일주일쯤 있다가 올게요. 걱정 마세요’ 라고만 써도 충분하잖아. 그런 말을 쓰니까 오히려 더 신경이 쓰여. 신경을 써달라고 하는 것 같거든.”

“신경을 써달라고 한다고요?”

“그렇게 생각 안 되니? 유키는 캠프에 간다고 메모를 남겼어. 이건 뚜렷한 목적을 갖고 가출을 한 거야.”

“무슨 말이에요?”

“혹시 종교단체에 빠졌다거나 하는 낌새는 없었어?”

“그건 아닌 거 같은데……, 잘 모르겠어요. 하지만 유키에는 새 옷을 샀어요. 만약에 종교단체와 연관된 일이라면 옷에 신경을 쓰겠어요? 쇼핑할 돈이 있으면 기부를 하겠죠.”

“그렇겠네. 그럼 뭐지?”

“글쎄요.”

“유키에가 어디 갔는지 짚이는 곳 없어?”

“없어요. 유키에는 아무 말도 안 했어요. 옷을 사러 갔을 때도 잠깐 외출할 때 입는 옷이 필요하다고만 했고. 아……”

"왜?"

"지금 생각났는데, 유키에가 아르바이트를 한다고 했어요. 옷하고 가방, 샌들까지 사기에 너무 무리하는 거 아니냐고 물었거든요. 그랬더니 아르바이트비가 들어왔다면서 괜찮다고 했어요."

"아르바이트라……."

마스터는 생각에 잠겼다. 고개를 숙인 그의 얼굴에 그늘이 졌다.

"이번 가출도 아르바이트와 관계가 있으려나?"

"글쎄요."

"부모님은 유키에가 아르바이트를 했다는 거 아셔?"

"물어보지 않았지만 모르는 거 같아요. 있다가 물어볼게요."

마스터가 흘끗 손목시계를 봤다. 시간이 없는 듯하다.

"우선 유키에 집에 가서 컴퓨터를 살펴보려고요. 메일이 있을지도 모르고."

"그래, 나중에 가게에 와서 말해줘. 걱정되니까."

말해줘, 아멜리아.

링컨 라임의 말을 마스터가 하니까 부드럽게 들린다.

"네, 그렇게 할게요."

"오늘도 꽤 덥겠어. 더위 먹지 않게 조심해."

마스터는 말을 마치고 커피숍을 나갔다.

얼음이 녹은 아이스 카페오레를 마셨다. 밍밍한 맛을 참으며 유키에를 생각했다.

유키에와 나눴던 대화중에 가출을 암시하던 말이 있었는지 아무리 생각해도 떠오르지 않는다.

팩스로 받은 약도를 보며 겨우 유키에의 집을 찾았다. 지극히 평범한 2층집이다. 엷은 크림색 벽에 갈색 지붕, 작은 정원에는 이름 모를 꽃이 피어 있다.

한적한 주택가는 익숙하지 않다. 계속 맨션에서만 살아서 그런지 집들이 모두 똑같아 보인다. 주차장에 세워둔 차도 전부 비슷비슷하다. 눈에 띄는 카페나 옷가게도 없기 때문에 어떤 골목을 돌아야 할지 모르겠다. 한 번 지나갔던 곳인지조차도 구별이 안 된다.

땀이 주르륵 흐른다. 인터폰을 눌렀지만 대답이 없다. 오라고 해놓고 집을 비웠나? 왜 내가 이런 일을 해야 하는 거야? 화가 나서 몇 번이고 벨을 눌렀다. 딩동딩동딩동. 집 안에서 울리는 벨 소리가 들린다.

"네."

빈 집인 줄 알았는데, 남자의 쉰 목소리가 들려 깜짝 놀랐다.

“안녕하세요? 유키에와 같은 고등학교에 다니는 미우라 나기라고 하는데요.”

“네.”

잠시 뒤 현관문이 열렸다. 문 옆으로 유키에의 할아버지로 보이는 남자가 눈을 깜박이고 있다. 허리가 거의 직각으로 굽었다. 원래는 키가 컸을지 몰라도 지금은 내 어깨 정도밖에 오지 않는다.

“미우라 나기입니다.” 다시 한 번 말했다. “유키에 엄마가 컴퓨터를 확인해달라고 부탁했어요.”

할아버지는 낮은 목소리로 대답했다. 입 냄새가 난다. 유키에의 할아버지가 그대로 집 안으로 들어가려고 해서 서둘러 뒤를 쫓았다.

“실례하겠습니다.”

현관에서 구두를 벗고 들어갔다. 할아버지를 따라가니 부엌이 나왔다. 손때 묻은 식탁 위에는 간장과 양념통이 있다.

“유키에 엄마는 안 계세요?” 할아버지에게 물었다.

대답이 없다. 내 말을 무시했나 보다 생각하는데, 차라도 준비하는지 싱크대에서 딸그락거리는 소리가 들렸다. 귀가 안 좋은 것 같다.

다시 한 번 큰 소리로 말하자 겨우 대답이 돌아왔다.

"유키에 엄마는 안 계세요?"

"경찰서."

아직 경찰서에서 돌아오지 않았나 보다.

할아버지가 손에 컵을 들고 나와 보리차로 보이는 것을 마셨다. 날 위해 차를 준비하는 줄 알았는데 아니었다. 어차피 음료수를 샀기 때문에 주지 않아도 상관없지만.

"컴퓨터는 어디에 있어요?"

"뭐?"

"컴퓨터요!"

천장을 가리켰다. 유키에의 방은 2층인 모양이다.

"유키에 방에 가도 돼요?"

할아버지가 고개를 끄덕이면서 말했다.

"마음대로 해."

정말 마음대로 해도 될까? 할아버지는 천천히 걸어 부엌을 나왔다. 그리고 조용히 복도를 걸어 맨 끝에 있는 방문을 열었다. 그곳이 할아버지의 방인 모양이다.

남의 집에 혼자 있자니 당황스럽다. 그렇다고 멍하니 있을 수만은 없다. 2층으로 올라갔다.

유키에의 방은 바로 찾았다. 문에 나무로 된 장식이 달려 있어서 금방 알 수 있었다. 귀여운 글씨체로 '스노위SNOWY' 라고 적었다. 유키에의 닉네임일 테지.

일단 노크를 하고 방에 들어갔다.

엷은 핑크색 커튼, 커튼과 세트를 이루는 침대커버와 쿠션. 직접 만들었을까? 그렇다면 유키에는 상당히 손재주가 좋다. 책상 위에 있는 컴퓨터에도 같은 핑크색 천을 씌웠다. 먼지방지용이다.

커버를 벗기고 컴퓨터 전원을 켰다. 모니터의 바탕화면은 자연풍경이다. 어딘지 모르는 바다와 산호초가 아름답다. 산호초와 바다거북을 보며 생각했다.

유키에의 방에 멋대로 들어와서 컴퓨터를 켜도 괜찮은 걸까? 적어도 유키에의 엄마가 돌아올 때까지 기다려야 하지 않을까?

아냐, 안 돼. 기다리면 안 된다. 엄마가 오기 전에 일을 마치는 것이 좋다. 유키에는 분명히 엄마에게 보여주고 싶지 않을 것이다. 나라면 그럴 테니까. 메일 내용을 엄마에게 보여줄 바에는 차라리 친하지 않아도 입이 무거운 반 친구에게 보여주는 편이 훨씬 낫다.

'문서' 폴더를 열었다. 주소록, 연하장에 쓸 연습용 문서 몇 개, '복지세미나 메모'라는 이름도 있다. 사회복지학과를 지망한다더니 그 공부도 하는 모양이다.

메일을 열어봤다. 패스워드는 자동설정이라 다시 입력할 필요가 없다. 가족이 컴퓨터를 쓰지 못해서인지,

아니면 숨길 필요가 없어서인지 유키에는 암호를 걸어
놓지 않았다. 하지만 메일을 열자 왜 유키에가 암호를
걸지 않았는지 이해가 갔다.

메일에 남아 있는 건 인터넷 회사나 쇼핑몰 안내 등
쓸모없는 것뿐이었다. 개인적인 내용은 휴대전화로 할
테니까.(일본은 휴대전화에 문자를 보낼 때 전화번호가 아닌 메
일 주소로 메일을 보내며 자유롭게 메일 주소를 바꿀 수도 있다.
대개 인터넷 메일보다는 휴대전화 메일을 더 선호한다—옮긴이)
나 역시 컴퓨터보다는 휴대전화로 메일을 보내는 게 훨
씬 편하다.

아마도 유키에는 메일이 아니라 인터넷 때문에 컴퓨
터를 썼을 것이다. 접속기록과 즐겨찾기를 확인했다. 꽤
많은 수의 사이트가 떴다. 개인 블로그가 대부분이다.
사이트마다 들어가서 확인하고 싶지만 인터넷 속도가
느려서 시간이 걸릴 것 같다. 게다가 블로그 내용 중에
는 엄마에게 보여주고 싶지 않은 것이 있을지도 모른다.
집에 가서 확인하는 편이 좋겠다 싶어 유키에가 접근한
사이트 목록을 내 메일로 보냈다.

그때 아래층에서 문 열리는 소리와 함께 계단을 올라
오는 발소리가 들렸다.

"늦어서 미안해. 내가 유키에 엄마야."

문을 열고 들어온 여자는 50대쯤 되어 보였다. 통통하고 부드러운 인상이다. 전화통화를 하면서 떠올렸던 신경질적이며 자기중심적인 아줌마의 이미지를 수정해야겠다고 생각한 순간, 유키에의 엄마가 말했다.

"할아버지가 이 방으로 안내해줬니?"

고개를 끄덕였다.

"할아버지도 참, 마실 거라도 주지."

신경질적으로 미간을 찌푸렸다. 혀라도 찰 것 같은 기세다.

"그래도 손님을 상대했으니, 큰일을 한 셈이야."

유키에의 엄마는 가만히 있는 편이 낫다. 부드러운 인상이 입을 열면 신경질적으로 바뀐다. 친구 엄마에게 실례라는 걸 알면서도 자꾸 교활한 너구리가 떠오른다.

"경찰서에서 생각보다 시간이 많이 걸리더구나. 가출 신고 하러 온 사람들이 얼마나 많던지."

여름방학이라서 그럴까? 유키에도 그렇게 가출한 아이들 중 한 명이다. 경찰이 얼마만큼 진지하게 나설지가 의문이다.

"경찰에서는 뭐라고 해요?"

"현재 일어난 사건이나 사고 피해자 중에 유키에가 없다는 것만 확인했어. 안심은 되지만 그래도 그것만으

로는……."

"그러게요."

"그래, 어떠니?"

눈으로 컴퓨터를 가리키며 유키에의 엄마가 물었다.

"특별한 건 없어요."

"그래도 아예 없진 않을 거 아니니. 뭐 눈에 띄는 거 없었어?"

"메일은 휴대전화로 하는지 컴퓨터에는 아무것도 없어요. 그리고 문서도 이런 것뿐이고."

"별것 없구나."

한 번 눈으로 훑더니 단정하듯 말한다.

"이건 주소록이에요." 프린트한 것을 내밀었다.

"유키에 친구에 대해서는 잘 몰라. 봐도 모르겠구나."

"그래도 일단 확인하시는 것이……."

"그래야지. 나중에 한 명씩 전화해봐야겠다. 그 밖에 다른 건 없니?"

"메일 수신기록을 확인했는데, 인터넷 회사에서 보낸 것뿐이에요. 보수작업이 언제부터 언제까지 하니까 그 동안에는 인터넷을 쓸 수 없다는 내용이죠."

"그래."

"유키에가 접속한 사이트는 집에 가서 보려고요. 여

기보다 저희 집 인터넷 속도가 훨씬 빠르거든요.”

“그럼 알아보고 연락 줄래?”

고개를 끄덕이고 나서 나도 질문을 했다.

“유키에가 아르바이트를 했나요?”

“아르바이트? 아니, 왜?”

“지난번에 같이 옷 사러갔을 때 아르바이트비가 들어와서 쇼핑할 돈이 있다고 했거든요.”

유키에의 엄마가 고개를 끄덕였다.

“아아, 할아버지한테 받았을 거야.”

“할아버지요?”

“유키에 할아버지는 약간 치매증상이 있어. 평상시에는 무뚝뚝하고 말도 없으신데 가끔 정신없이 말할 때가 있지. 당신 어린 시절부터 시작해서 전쟁 때 있었던 일을 쉴 새 없이 떠들곤 해. 침까지 튀겨가며. 똑같은 말을 몇 번이고 반복하니 듣는 사람은 지겹지만, 그렇게 이야기를 들어주면 용돈을 듬뿍 주셔. 하지만 그다음 날이 큰일이지. 당신 돈을 훔쳐갔다며 생트집을 잡거든. 그래서 난 받지 않아. 그냥 받는 척만 하고 지갑에 다시 넣어드리지. 그런데 유키에는 그렇게 하지 않았나 보네. 유키에가 말한 아르바이트비가 그거 아니겠니? 할아버지 말씀을 들어드리는 아르바이트.”

과연 그럴까? 할아버지에게 받은 용돈을 아르바이트
비라고 할까? 자기 돈을 훔쳤다고 소란을 피우는 할아
버지의 돈이라면 유키에는 더더욱 받지 않을 것 같다.
엄마가 한 것처럼 할아버지 지갑에 다시 넣지 않았을까?

아르바이트비라고 말한 돈은 의문으로 남겨두고 말
을 이었다.

"유키에 얼굴이 정확하게 나온 사진이 있으면 빌려주
시겠어요?"

"어디에 쓰려고?"

"시부야 주변에 있는 여자애들한테 물어보려고요. 가
출한 애들이 모이는 곳이 있거든요."

"설마 우리 유키에가 그런 곳에 있겠니?"

"그래도 혹시나 해서요."

"그래, 알았다."

유키에 엄마는 굳은 표정으로 고개를 끄덕였다.

시부야는 저녁에 가도 돼서 먼저 옷가게에 들렀다. 유
키에를 데리고 갔던 오모테산도에 있는 멀티숍이다.

입구에 들어서자 바로 점장이 알아보고는 웃으며 인
사를 했다.

"죄송하지만 오늘은 옷을 사러 온 게 아니에요."

"그럼 무슨 일로?"

“전에 저하고 함께 옷을 사러왔던 친구 기억하세요?”

“물론이지. 나기 양이 친구를 데려온 건 처음인데.”

“혹시 그 친구가 여기 다시 왔나요?”

점장은 놀란 표정을 지었다.

역시, 유키에가 왔다. 일주일씩이나 외출하는데 겨우 옷 한 벌이라면 너무 적다는 생각이 들었다. 유키에가 혼자 와서 더 샀을 거라는 추측을 했는데 딱 들어맞았다.

“언제 왔어요?”

“실은 그 뒤에, 바로.”

“다음 날이오?”

“아니, 그날.”

“네?”

“나기 양하고 함께 와서 7부 바지를 샀잖아. 그러고 나서 한 시간쯤 뒤에 혼자서 왔어.”

유키에와는 커피와 초콜릿을 먹고 수다를 떨다 오모테산도 역에서 헤어졌다. 그 뒤 유키에는 혼자서 이곳을 다시 찾았다는 말인가?

“나기 양한테는 말하지 말라고 했는데.”

“왜 저한테는 말하지 말라고 했을까요? 여기가 마음에 든다면 저야 기쁘죠. 제가 데리고 왔는데.”

“음, 그게 말이지…….” 점장이 말을 흐린다.

"왜요?"

"나기 양이 골라준 옷을 교환하려니까 미안해서 그러지 않았을까?"

"네?"

"그때 나기 양은 하얀색 바지가 좋다고 했지?"

"네, 그게 훨씬 잘 어울렸으니까요."

"나도 그렇게 생각해. 그런데 그 친구는 검정색이 마음에 들었나봐."

"그래요?"

"그러니까 교환하러 왔지."

"그렇군요."

내 취향을 무리하게 강요했는지도 모른다. 어느 쪽이 마음에 드는지 확실히 물었으면 좋았을 것을. 아무리 그래도 그렇지. 검정색 바지가 마음에 들면 그냥 말하면 되잖아?

"교환만 한 게 아니었어. 추가로 다른 물건도 샀어."

점장은 말을 하면서 선반에 있던 상의를 꺼내어 펼쳐 들었다. 검정색 레이스가 달린 갈색의 에스닉풍(소박하고 민족적인 느낌의 복장, 그런 스타일—옮긴이).

"이건 전에 제가 샀던 거하고 같은 옷이잖아요."

"맞아. 그 친구가 이걸 두 개나 샀어. 그리고 청바지

에 검정색 롱스커트도 샀고."

모두 내가 가지고 있는 바지, 스커트와 매우 비슷하다.

"혼자 왔을 때 묻더라고. 나기 양은 여기서 어떤 옷을
사냐고. 그래서 청바지는 이런 스타일을 샀다고 보여줬
지. 그랬더니 자기도 그게 좋다고 하지 뭐야. 그런데 그
친구는 나기 양하고 분위기도 어울리는 옷도 전혀 달라.
그래서 밝은 색에 부드러운 느낌이 좋을 것 같다고 했는
데 한사코 나기 양하고 같은 것이 좋다고 하더라고. 나
기 양처럼 되고 싶다고 하면서."

말이 안 나온다.

"그 친구가 나기 양을 상당히 동경하나봐."

"그럼 모두 세 벌을 산 거네요?"

"나기 양하고 함께 왔을 때 가방하고 샌들도 샀잖아."

"돈이 엄청 들었을 텐데……."

"그렇지."

"현금으로 냈어요?"

"응."

"세 벌이라…… 잘 맞춰 입으면 일주일은 버틸 수 있
겠죠?"

"하얀색 티셔츠만 있으면 가능하지."

유키에는 어떤 캠프에 가려고 옷을 샀다. 내가 가지고

있는 옷과 비슷한 스타일 두 벌을 포함해서.

유키에의 엄마가 '그런 옷'을 샀다고 했던 것도 납득
이 간다. 확실히 그런 옷이라고 할 만하다. 유키에한테
는 어울리지 않는다.

대체 무슨 일일까?

"왜 그러는데?" 점장이 물었다.

"실은 그 친구가 없어졌어요."

"없어졌다니 무슨 소리야?"

"가출이라고 해야 하나. 여기서 산 옷을 갖고 일주일
정도 나갔다 온다고 한 모양이에요."

"누구하고?"

"그건 모르겠어요."

"그 친구 남자친구는 있어?"

"그것도 잘 모르겠어요."

점장은 잠시 생각하다가 물었다.

"그래도 누구한테 보여주려고 새 옷을 샀겠지?"

"그랬겠죠."

"나기 양하고 같은 옷을 사고 싶다는 걸 보면 상대는
연상이 아닐까?"

"그럴까요?"

"나기 양 분위기가 성숙하잖아. 이렇게 말하면 실례

일지 모르겠지만, 또래 남자들은 다가오지 않을 거 같
아. 상대해주지 않을 거라 생각하고 지레 단념하는 거
지. 나기 양은 어른스러운 남자가 어울려. 그 친구는 그
점을 부러워한 게 아닐까?"

그럴까?

점장의 이야기를 듣고 있자니 조금 불안해진다. 나에
게 또래 남자아이들이 다가오지 못한다고 해서가 아니
라, 유키에가 나이 많은 남자와 함께 있을 거라는 상황
때문에. 연상의 남자와 일주일을 보내는 것이 바람직한
지 어떤지 판단이 서지 않아서 더욱 불안해졌다.

나와 비슷한 옷을 입은 유키에가 시부야의 어느 거리
에 앉아 남자를 기다리는 모습은 상상하고 싶지 않다.
하지만 확인할 필요는 있다.

오모테산도에서 적당히 시간을 보내다 시부야로 향
했다. 센터거리, 109 건물 주변, 도큐한즈 뒷골목, 미야
마스 언덕 주변을 돌았다. 노래방과 게임센터 앞에 몰려
있는 여자애들한테 유키에의 사진을 보여주며 봤냐고 물
었다.

"아니, 몰라."

"이런 사진으로 어떻게 알아? 웬 기모노 차림이래?"

대부분 귀찮다는 듯 대충 대답을 하거나 비웃기만 했

다. 그도 그럴 것이 유키에의 엄마가 준 사진은 정월에 기모노를 입고 머리를 묶은 모습이다. 평상시 모습의 사진이면 좋았겠지만 없다고 했다. 유키에는 사진 찍는 걸 좋아하지 않는 모양이다. 나처럼.

그래도 포기하지 않고 돌아다녔다. 유키에가 이런 곳에 있을 리가 없다고 생각하면서도 찾아다녔다.

이 열기. 지면에서 서서히 솟아오르는 묘한 열기. 몸속 어딘가, 마음속 어딘가를 침식당하는 느낌이 든다.

거리를 헤매고 있는데 남자 두 명이 다가왔다. 선탠한 피부에 명품 티셔츠를 입고 어울리지 않는 은반지와 팔찌를 차고 있다. 나름대로 돈을 들인 것 같지만 추레한 얼굴이 모든 걸 허사로 만든다.

한잔하러 가자고 했다. 무시하고 걷는데도 따라온다. 꽤 시끄럽다. 어디서 왔어? 왜 혼자야? 그 옷 어디 거야? 맥주 안 마실래? 진짜 돌아버리게 덥지 않냐?

너희야말로 정말로 돈 것 아니니? 걸음을 멈췄다. 남자가 기쁜 표정을 짓는다.

이런 남자들. 실실 웃는 멍청한 얼굴 뒤로 더러운 욕망을 감추고 있다. 본인들이야 그럴싸하게 감췄다고 생각할지 모르지만, 엉큼한 속셈이 뻔히 보인다.

이런 남자에게 유키에가 당했다면?

생각만 해도 소름이 돋는다.

아무 말 없이 걸으려고 하자 팔을 붙잡는다. 아프다. 상당한 힘이다. 또 한 명은 어깨 너비로 다리를 벌리고 내 앞을 가로막는다.

"어디 가고 싶은 데 없어?"

남의 팔을 억세게 잡은 행동과는 다르게 너무나도 부드럽게 묻는다. 대답하지 않자 팔을 더 세게 쥔다.

"가고 싶은 곳에 데려가줄게. 말만 해."

얼굴을 바짝 들이댔다. 입김이 닿을 것 같다.

"어디든 상관없어? 그럼 우리 마음대로 정한다?"

다른 한 명이 말했다.

"춤추는 곳."

내가 말하자 둘은 웃음을 터뜨렸다.

"좋았어! 먼저 춤부터 추자고. 남는 게 시간이니까."

팔을 놓고 내 허리를 감으려고 해서 살짝 피하며 빠른 걸음으로 걸었다. 도망치지는 않는다. 녀석들을 더 자극할 뿐이니까.

같이 가자고 하면서도 특별히 서두르는 기색 없이 뒤따라온다. 등, 아니 솔직히 말하면 엉덩이부터 허벅지 주변으로 찌릿찌릿한 시선이 느껴진다. 녀석들은 틀림없이 실실 웃으며 날 보고 있을 것이다. 그러면서 머릿

속으로 구역질나는 상상을 하겠지.

거리에는 남자들의 유혹을 기다리는 여자들이 수두룩하지만, 너무 쉽게 넘어오는 여자한테 질린 남자들도 있다. 사냥물을 추격해 쓰러뜨리겠다는 본능. 자신들은 사냥개라고 생각할지 모르겠지만 내 눈에는 똥개에 불과하다.

재빨리 옆길로 들어섰다. 뒤따르던 남자들이 달리는 것 같다. 도망가는 줄 알고 놀랐을 테지. 그러든 말든 난 지하로 이어지는 계단을 내려갔다.

내 단골 클럽이다. 뒤늦게 도착한 두 남자는 입구에서 두리번거리다 날 발견하고 사람들을 헤치고 다가왔다.

"걸음이 빠른데?"

너희가 느려터진 거지. 생글생글 웃으면서 입만 뻥긋거렸다. 자기들한테 좋은 말이라도 한 줄 알고 두 녀석 모두 바보처럼 웃는다.

갈증이 나서 맥주를 마시고 싶었지만 여기서는 마시고 싶지 않다. 두 바보 녀석이 있는 곳에서는.

"이름이 뭐야?"

안 들리는 척하며 무시.

"나이는?"

지금 단속 나왔나?

"눈빛이 장난 아닌데?" 한 명이 말한다.

"내가 또 그런 도발적인 눈빛에 뿅 가잖아."

몸을 들이대며 내 목덜미에 얼굴을 대려고 한다. 구역질 날 것 같은 기분을 누르고 억지로 웃음을 쥐어짜내 플로어로 가자고 눈짓을 하니 헤벌쭉 입을 벌린 채 고개를 끄덕였다.

춤을 추기 시작하자마자 남자들이 끊임없이 몸을 밀착한다. 두 사람에게 앞뒤로 샌드위치가 됐다. 앞의 남자는 느끼한 웃음을 지으며 바라보고 있고 뒤에서는 날 안으려고 한다. 남자들의 몸이 달아오른 것을 알 수 있다. 그다지 시간이 없다. 이대로 가다가는 화장실에 끌려갈 위험도 있다. 두 사람이 힘으로 밀어붙이면 큰일이다. 식은땀이 난다.

주위로 눈을 돌렸다. 남자 어깨 너머로 체격이 우람한 외국인의 뒷모습이 보였다. 어깨 위로 솟은 근육. 양팔에 구리와 구라(일본 동화 '구리와 구라' 시리즈에 주인공으로 나오는 들쥐형제—옮긴이)를 문신으로 새겼다.

살짝 오른쪽으로 몸을 돌렸다. 남자들이 따라오려 했지만 한 박자 늦었다. 그 순간 사람들 속에 섞여 듬직한 등으로 다가가 몸을 부딪쳤다. 남자는 불쾌한 표정으로 돌아봤지만 순식간에 미소를 지었다.

"나기!"

"제이크, 잘 지냈어?"

"아니. 너무 따분해. 그래도 나기를 만나서 좋다."

다시 한 번 몸을 부딪쳤다. 제이크의 몸에서 땀과 짙은 향수 냄새가 난다.

"실은 이상한 남자가 붙었어."

따라오는 남자 둘을 가리키자, 제이크가 살짝 눈을 돌렸다.

"오케이! 걱정 마. 나기가 돌아가고 싶을 때 나한테 손만 흔들어. 내가 처리해줄게."

"고마워."

"언제든 말만 해. 그건 그렇고 미키 교수님은 잘 지내?"

정확하게 말하면 아직 교수는 아니다. 조교수인데 제이크는 항상 엄마를 교수님이라고 부른다.

"연애 중이야."

"또!" 제이크가 천장을 올려다본다.

"이번에는 어때?"

"비교적 괜찮아."

"좋은 남자야?"

"제이크 다음 정도?"

"역시 나기뿐이야." 제이크가 날 안았다.

"미키 교수님이 나기 반만이라도 착했으면 좋았을 걸."

뒤따라온 남자들이 나와 제이크를 보고 당황한 표정을 지었다. 이렇게 되면 알아서 물러설 테지.

제이크는 예전에 엄마의 연구실에 있었다. 아빠가 실리콘밸리에 가 있는 동안 외로움을 견디다 못한 엄마의 잠자리 친구가 된 남자가 제이크였다. 불쌍한 제이크는 엄마에게 빠졌다. 엄마에게는 한순간 기분 전환할 상대에 불과했는데. 단지 외로움을 달래기 위한 상대였는데.

아무리 만나자고 매달려도 엄마가 상대해주지 않자 제이크는 집으로 찾아왔다. 엄마는 인터폰을 통해 매우 단호한 어조로 돌아가라고 했다. 제이크는 힘없이 돌아갔지만, 그다음 날 또 다시 찾아왔다. 집에 혼자 있던 내가 인터폰을 받아 엄마가 없다고 하자 제이크가 울음을 터뜨렸다. 말 그대로 엉엉 우는 울음소리가 인터폰 너머로 들려서 얼른 1층 현관으로 나갔다.

그때 내가 상황을 정확하게 이해했다고는 생각하지 않지만, 엄마가 제이크에게 심한 상처를 주었다는 것만은 알 수 있었다. 마음씨 좋은 커다란 북극곰. 난 아직 초등학생이었지만, 체면이고 뭐고 다 내팽개치고 우는 제이크가 무섭지 않았다. 어떻게든 해줘야겠다는 마음에 주저앉아 우는 제이크를 달래어 집으로 데리고 들어

왔다. 그는 미안하다면서 얌전히 내 뒤를 따라 들어왔
다. 거실 소파에 앉은 제이크에게 난 꿀을 탄 따뜻한 홍
차를 주었다. 제이크는 코를 훌쩍이며 계속 고맙다는 말
과 함께 홍차를 마셨고 우리는 친구가 됐다.

8년 전 일이다.

그 뒤 제이크는 대학을 그만두었다. 지금은 낮에 영어
회화를 가르치고, 밤에는 시부야 클럽에서 디제이를 한
다. 난 시부야에서 난처한 일이 생기면 제이크를 찾는
다. 그는 언제나 힘이 되어준다.

"나기는 내가 가장 힘들 때 도와줬어."

그는 종종 말한다. 홍차 한 잔으로 난 든든한 보디가
드를 얻었다.

"그 두 사람 돌아간 모양이야."

내가 말하자 제이크가 클럽 안을 휙 둘러보고 입을 열
었다.

"그래도 걱정돼. 내가 택시 잡아줄게."

제이크가 잡아준 택시를 타고 다이칸야마로 돌아왔
다. 지드 앞에서 내렸다. 카페에 들어서자 바로 마스터
가 알아보고는 손짓을 한다. 카운터에 앉았다.

"한잔했어?" 마스터가 물었다.

"아뇨."

"한잔한 것 같은 얼굴인데 무슨 일 있었어?"

"아뇨."

아멜리아 색스도 링컨 라임에게 걱정을 끼치고 싶지 않을 때는 거짓말을 한다.

"그렇다면 다행이고. 그래도 오늘은 커피로 하는 게 좋겠어."

마음에 들지 않았지만 그것도 나쁘지 않을 것 같다. 카카오 초콜릿과 커피. 맥주보다 마음이 차분해진다.

"피곤해 보여." 마스터가 말했다.

"안 하던 일을 하니까 피곤하네요."

"안 하던 일이라면 일찍 일어난 거?"

"그것도 그렇고, 친구 집에 가는 거며, 시부야에서 탐문 수사하는 거며."

이상한 남자들이 집적거리는 거며, 마음속으로 말했다.

"여름이니까."

"여름하고 무슨 상관이에요?"

"여름은 안 하던 일을 하라고 있는 계절이야."

나도 모르게 웃고 말았다.

"마스터도 엉큼하긴!"

한 마디 했더니 마스터는 당황한 표정이다.

"이상한 뜻이 아니라, 어릴 때를 떠올려봐. 평상시에

는 가지 않던 캠프에 가거나, 친구 집에서 자거나, 바다
에서 해파리에 쏘이거나…… 여름은 그렇잖아."

"노인네 같아요."

"뭐 나기 눈에는 내가 아저씨처럼 보이겠지만."

그렇지 않다고 말할까 했지만, 그냥 그럴지도 모른다
고 대답했다. 마스터는 살짝 웃기만 했다.

"그래서 어떻게 됐어? 친구 있는 곳은 알아냈어?"

"아뇨. 점점 미궁 속으로 빠지는 느낌이에요."

유키에의 컴퓨터를 살펴봤지만 아무런 단서도 찾지
못한 일이며, 오모테산도에 있는 멀티숍에서 유키에가
나와 비슷한 옷을 산 일을 이야기했다.

"나기 스타일이 잘 어울릴 만한 친구야?"

유키에의 사진을 꺼냈다.

흐음, 마스터가 낮게 신음 소리를 냈다.

"나기하고는 정반대인걸. 착실하고, 귀엽게 생겼네.
약간 촌스럽긴 해도 청순한 이미지야."

그렇다면 난 불성실하고 귀엽지 않고 촌스럽지는 않
지만 청순하지 않은 이미지란 말인가?

"나기한테 어울리는 옷은 이 친구한테 안 어울릴 것
같은데. 그래도 굳이 그 친구가 그 옷을 샀다면 성숙하
게 보이고 싶어서가 아닐까?"

"역시 남자 때문일까요?"

"그럴 가능성도 없지는 않지만, 대체 나기처럼 옷을 입고 어떤 캠프에 간 걸까? 그 친구 컴퓨터에서 뭔가 찾은 거 없어?"

"못 찾았어요. 개인적인 메일은 없었고, 문서 파일에 있는 거라곤 연하장으로 보내는 글하고 주소록뿐이었어요. 나머지는 리포트였고요. 주소록은 유키에 엄마한테 드렸으니 알아볼 거예요."

"유키에가 접속한 사이트는?"

"아직 안 봤어요. 집에 가서 확인하려고요."

"여기서 해도 돼."

"네?"

"사무실에 컴퓨터가 있어. 인터넷 속도도 빠르고."

"그래도 돼요?"

"그렇게 해. 나도 걱정되니까."

알았다고 하며 일어서니 마스터가 고개를 끄덕이고는 앞장섰다. 'STAFF ONLY'라고 쓰여 있는 문으로 들어갔다. 사무용 책상과 컴퓨터가 각각 둘. 나무상자에 서류가 정리되어 있다. 의외로 깨끗하다.

"이쪽 노트북을 쓰면 돼."

책상에 앉아 바로 마우스를 잡았다.

"나중에 보러 올게." 마스터는 바로 나갔다.

설정을 변경한 뒤 먼저 메일을 열었다. 유키에가 접속한 사이트를 첨부한 메일이다. 내용을 확인했다. 일반적인 검색 사이트, 책이나 CD 쇼핑 사이트, 음악 다운로드 사이트는 패스.

나머지는 개인 블로그로 보인다. 클릭을 했다.

MIRI's Room. 미리는 나와 같은 고등학교 2학년이다. 사실인지 모르겠지만 모델이라고 했다. 지금은 아르바이트로 하고 있지만 장차 프로 모델이 꿈이라고 한다. 허리 라인을 만들기 위해 하루에도 틈틈이 복근운동을 하며 식사는 채소 위주다. 미리는 자신을 바라보는 일로 하루를 소비한다. 하루 종일 셀 수 없을 만큼 거울을 들여다본다고 썼다. 자기 방에 여러 종류의 거울을 걸어놓고 움직일 때마다 모습을 체크하는데, 자세나 걸음걸이, 손동작, 얼굴 각도, 표정 등을 항상 의식하면서 아름다움을 유지하기 위해 노력한다고 했다.

"피곤하겠다." 나도 모르게 혼잣말이 나왔다.

이따금 가게 윈도에 비친 내 모습을 보는 건 그리 싫지 않다. 약간 폼을 잡으며 걷기도 하지만, 날마다 거울 속에 비춰지는 내 모습을 본다면 숨이 막힐 것 같다.

미리의 블로그 안부게시판을 열었다. 방문자들의 글

이 있고, 그 아래에 미리가 댓글을 달았다.

예를 들어, '미리 님은 굉장한 노력가네요. 저도 본받아야겠어요!'라는 말에 '특별히 노력한다고 생각하진 않아요. 그냥 즐거우니까 하는 것뿐이죠.'라고 미리가 댓글을 다는 식이다. 지난 안부글을 체크했다. 올해 2월에 '스노위SNOWY'라는 방문자가 글을 남겼다.

유키에 방문에 걸렸던 나무 장식이 생각났다. 스노위 SNOWY.

❄ SNOWY_ 안녕하세요. 스노위라고 합니다. 미리 님과 같은 고등학교 2학년이에요. 반가워요. 저도 미리 님처럼 멋지게 걷고 싶은데 좋은 방법이 없을까요?

♬ MIRI_ 방법이랄 것까지는 없고요, 시선은 정면을 보는 거예요. 그리고 아랫배에 힘을 주면 자연스럽게 발이 앞으로 곧게 나가죠. 역시 복근이 중요해요.^^

다시 스노위가 댓글을 달았다.

❄ SNOWY_ 고맙습니다. 그렇게 연습할게요.

정중한 말투. 스노위라는 닉네임은 유키에가 틀림없다. 조금 더 둘러봤다. 미리가 요즘 쓰는 화장품에 대해 적은 글을 발견했다.

♬ MIRI_ 이 마스카라 진짜 환상이다. 마스카라 베이스 코트를 발라주지 않아도 번지지 않는다. 평상시 쓰기에 딱이다. 학교에

갔더니 다들 어느 메이커냐고 물었다. 선생님(담임, 30대)까지도.

이 글에 스노위가 댓글을 달았다.

❄ SNOWY_ 창피하지만 화장을 못 하겠어요. 특히 눈은요. 아이라인, 아이섀도, 마스카라가 삼위일체가 된다고 할까요? 덕지덕지 지저분해지고 깔끔하게 되지 않아요. 미리 님은 어떻게 눈 화장을 하는지 가르쳐주세요.

♬ MIRI_ 화장이란 자꾸 해봐야 해요. 하다 보면 좋아질 거예요. 처음에는 어색하고 이상하더라도 계속 도전해보세요.

❄ SNOWY_ 그렇게 할게요. 미리님이 말씀하신 마스카라 살게요.

저절로 한숨이 나왔다.

스노위는 계속 가르쳐달라고만 한다. 멋진 걸음걸이를 가르쳐달라, 메이크업을 가르쳐달라. 나에게 어떤 가게에서 옷을 사야 할지 모르겠다며 가르쳐달라고 했던 유키에와 겹쳐진다.

미리의 블로그를 닫고 다른 블로그를 열었다. 대부분 여고생들의 일상생활을 적었다. 우울하기도 하고, 에로틱하기도 하고, 마니아답기도 하다. 블로그는 다양했지만, 블로그 주인들은 하나같이 별 탈 없이 평화로워 보였다. 댓글을 봤지만 스노위란 이름은 없다. 다른 닉네임을 썼을 수도 있지만, 우선은 스노위만 보기로 했다.

'명문 여자고등학교에 다니는 나만의 우아한 일상'

"이건 또 뭐지?"

블로그 타이틀을 보고 기가 찼다. 하지만 읽어보니 꽤 재미있다.

명문 여자고등학교로 유명한 S여자학원에 다니는 '나'. 아버지가 모기업의 3대째 사장이고 엄마는 전업주부. 난 세 자매 중 둘째. 어릴 적부터 고전발레, 일본무용, 승마, 플루트를 배웠고, 모두 상당한 실력을 자랑한다. 한 달에 한 번은 아빠 회사가 지원하는 교향악단의 콘서트에 나간다. 좋아하는 음식은 푸아그라. 싫어하는 음식은 장어구이. 명문가 딸인 난 매일 반복되는 일상생활이 조금은 따분하다. 그래서 블로그를 시작했다. 인터넷을 통해 다양한 사람들을 만나면 활기를 되찾지 않을까 생각했기 때문이다.

지루한 일상만 적어놓은 블로그는 너무 흔해서 재미없다. 따라서 난 내 행동을 강좌형식으로 전하고 싶다. 타이틀은 '속성으로 익히는 요조숙녀 화법강좌'. 강좌 내용을 요약하자면 상대를 약간 올려다보며 미소를 짓고 낮은 톤으로 천천히 말하면 된다. 초심자는 말끝에 '~합니다'를 붙여주면 되고, 쓰기 힘든 경어나 존칭은 생략해도 된다.

오호, 과연. 지체 높은 왕족이 쓰는 어마어마한 말을

연상했는데, 그냥 편안하게 '~합니다' 투로 하면 되는가 보다. 그 글에 스노위의 댓글이 있었다. 때는 5월.

❄ SNOWY_ 요조숙녀 화법강좌 정말 도움이 많이 됐습니다. 보기에는 쉬워 보이지만 막상 하려면 어려울 것 같네요. 차분하게 말하는 것이 제일 중요하군요. 말을 하다 막힐 경우에는 어떡하면 좋을까요?

🌷 요조숙녀_ 말문이 막혀도 미소를 잊지 마세요. 그다음은 '네', '알겠습니다', '그렇게 하겠습니다', '죄송합니다' 등으로 말하면 무난하게 대화가 이어지리라 여깁니다.

'여깁니다'라는 부분이 눈길을 끌었다.

오모테산도에 함께 옷을 사러 갔을 때 유키에를 보며 부잣집 딸 같다고 하자 장난스럽게 대답했다. '고맙게 여길게'라고. 유키에는 요조숙녀의 충고를 따랐던 것이다.

문이 열리더니 마스터가 들어왔다.

"뭐 좀 찾았니? 마스터가 물었다.

"이걸 봐요."

MIRI's Room과 요조숙녀의 사이트를 보여줬다. 유키에가 스노위라는 닉네임으로 댓글을 달았고, 메이크업이나 걸음걸이, 상류층의 세련된 화법을 배우려고 했던 것 같다고 말했다.

"자기를 바꾸고 싶었나 보군."

마스터는 조금 생각하더니 말했다.

"그런가 봐요."

대답하는 순간 가슴이 아파온다. 오모테산도의 멀티 숍에서 나와 똑같은 옷을 원했다는 유키에의 이야기를 들었을 때 느꼈던 아픔이다.

같은 반이지만 난 유키에에 대해 아는 것이 거의 없다. 둘이서 약속을 잡아 나간 것도 오모테산도에 옷을 사러 간 게 처음이었다. 학교에서도 유키에는 나와 대화를 나누지만 자신에 대해서는 말하려 하지 않았다. 하긴, 남의 말을 할 처지가 아니다. 나 역시 나에 대해서는 말하지 않으니까. 피상적이다. 자기가 상상한 이미지대로만 상대방을 볼 뿐이다.

내가 보는 유키에는 착실한 모범생이다. 앞으로도 계속 건실한 인생을 살겠거니 생각했다. 유키에는 날 어떻게 봤을지 모르겠지만, 상상은 간다. 다른 아이들도 비슷하게 생각하겠지. 무슨 생각을 하는지 알 수 없고 다가가기 힘든 아이.

내가 어떻게 보이는지는 그렇다 치고, 유키에는 적어도 자신의 이미지를 바꾸고 싶었던 것 같다. 그래서 블로그를 통해 도움을 청했고, 나에게도 함께 쇼핑을 가자고 부탁했다.

유키에와 오모테산도로 쇼핑을 갔을 때가 생각났다.

쇼핑을 마치고 카페에서 차를 마셨다. 유키에는 초콜릿무스를 맛있게 먹으면서 나에 대해 여러 가지 질문을 했다. 약간 수줍어하면서 나기라고 부른 것이 그때다.

"나기 엄마는 대학교 선생님이셔?"

"응, 어떻게 알아?"

"반 애들이 얘기하는 거 들었어."

그렇게 좋은 말은 아닐 것이다. 요즘은 모자가정이 그렇게 이상한 일도 아닌데 종종 사람들 입에 오르내린다.

"엄마하고 둘이서 살아. 남들이 지적이라고 얘기하는 우리 교수님은 항상 연애를 하느라 늘 남자하고 어딘가 나가. 딸 친구 문제에 대해선 그다지 흥미도 없고, 딸하고 대화를 많이 나누지도 않아. 그래서 내가 이 모양이 됐지."

내 말에 유키에가 큭 하고 웃으며 대답했다.

"멋지다."

"뭐가 멋져?"

"글쎄 뭐랄까. 고독과 함께하는 것 같은 느낌?"

"난 별로 그런 거하고 함께하고 싶지 않거든?"

유키에는 웃으며 다시 말했다.

"난 네가 부러워."

뭐가 부러운데? 만약 그때 물어봤다면 유키에는 순순히 대답했을 것이다. 그 말이야말로 나한테 하고 싶었던 말일지도 모른다. 자기에게 무엇이 없다고 느끼는지, 무엇을 손에 넣고 싶은지, 그래서 무엇을 하려는지 따위를.

"너무 깊이 생각하지 마." 마스터가 말했다.

"하지만."

"뭐가?"

"어쩌면 유키에가 가장 가까운 친구라고 여기는 사람은 나일지도 몰라요."

"그렇게 친했어?"

난 고개를 저으며 말했다.

"그냥 반 친구예요. 가끔 이야기를 나누는 정도. 그런데 유키에는 날 친한 친구라고 생각했을지도 몰라요. 난 유키에를 그렇게 생각한 적이 없었는데. 내가 너무 심한 건가요?"

누군가 날 소중한 사람으로 여겼지만 난 그 사람을 진지하게 생각하지 않았다. 혼자서도 잘 지내는 자신을 대견하게 여기며 상대방보다 내가 한 단계 위에 있다는 기분을 즐기고 있었나 보다.

나도 모르게 즐겼다.

오만.

정말 싫지만, 나 자신을 표현하는 데 적절한 말이다.

"유키에한테 리얼한 존재는 나뿐이었어요."

"리얼하다고?"

"유키에는 블로그를 통해 미리나 요조숙녀한테 조언을 얻었어요. 모두 인터넷을 통해서 알게 된 사람들이죠. 그중에서 나만이 유일하게 유키에와 매일 얼굴을 마주하고 말을 했어요. 옷도 함께 사러갔고요."

마스터가 걱정스러운 듯 미간을 좁혔다. 그 모습을 보며 심하게 동요하는 나 자신을 느꼈다.

"나기가 책임감을 느낄 필요는 없어."

마스터가 조용히 말했다.

그럴까? 정말로 책임감을 느낄 필요가 없을까? 유키에의 소재를 모르는 지금 이 상황에 간접적이나마 내가 가담한 건 아닐까?

"유키에는 자기 의지로 집을 나갔어. 자신을 바꾸고 싶어서 어떤 행동을 했다면, 그건 유키에 자신이 그렇게 하려고 생각해서 한 일이야."

유키에가 바꾸고 싶었던 것은 무엇일까?

먼저 외모일 것이다. 윗사람들에게는 귀여움을 받을지 몰라도 같은 또래가 볼 때 유키에는 수수하고 눈에 띄지 않는 용모다. 센스와 거리가 먼 복장에 딱딱한 분

위기가 난다. 착실한 바른생활 소녀 이미지.

"유키에가 누구를 사귀는지 모르겠다고 했지?"

"네."

"전혀?"

"네."

"나기는 여고에 다닌다고 했지? 그럼 남자친구는 어떻게 사귀어?"

"다양해요. 클럽에 놀러 가서 만나기도 하지만 주로 친구 소개가 많죠. 하지만 유키에는 그런 타입이 아니었어요."

"근처에 남자고등학교가 있던가?"

"있기는 해요. 그런데 그쪽 남학생하고 사귀면 금세 소문이 나서 알았을 텐데, 유키에는 그런 소문이 전혀 없었어요."

"블로그 이웃한테 그런 쪽 상담은 안 했고?"

"남자친구에 대한 댓글은 없었어요."

"여러 사람들이 보는 댓글이 아니라, 미리나 요조숙녀한테만 따로 비밀글을 남기거나 메일을 보내지 않았을까?"

"글쎄요. 한번 알아볼게요."

"얼굴이 보이지 않는 상대여서 오히려 상담하기 쉬울

지도 모르니까."

"맞아요. 저기, 마스터 아니 고쿠후 씨."

"왜?"

"고쿠후 씨는 왜 그렇게 걱정스러운 얼굴을 해요?"

"내가 그런 얼굴을 했어?"

마스터는 손으로 턱 언저리를 쓰다듬었다.

"네."

"나기가 쓸쓸한 얼굴을 하고 있어서 그랬나 봐."

"쓸쓸하다고요?"

나도 마스터처럼 손으로 볼을 만졌다.

"응, 쓸쓸해 보인다고 할까, 불안해 보인다고 할까. 길 잃은 아이처럼 보여."

특별히 자랑하는 건 아니지만 난 한 번도 미아가 된 적이 없다. 어릴 적, 아직 부모님과 함께 살았을 때 가족끼리 외출을 하면 항상 아빠를 가운데 두고 걸었다. 엄마는 아빠의 팔짱을 꼈고, 나는 아빠의 남은 손을 잡고 걸었다. 내가 뭔가에 흥미를 느껴 달려가면 금세 아빠가 쫓아왔고, 또 엄마는 아빠 뒤를 따라 달려오는 식이었다.

부모님이 이혼을 한 뒤, 엄마는 외출을 할 때면 내 손을 꼭 잡았다. 내가 미아가 될까봐 걱정하는 것보다 엄

마가 미아가 될까봐 걱정하는 것 같았다. 엄마는 방향감각이 전혀 없다. 여행에 가서 호텔에 짐을 풀어놓고 식사하러 레스토랑에 가면 다시 방을 찾지 못할 정도다. 그때마다 직원을 불러 열쇠를 보여주고 방문 앞까지 안내를 받는다. 호텔만이 아니라 백화점에서 쇼핑을 하더라도 출구를 찾지 못하거나, 주차장 어디에 차를 세웠는지 모르는 건 일상사다. 나는 엄마보다 방향감각이 뛰어난 탓에 같이 외출을 하면 항상 길을 외우고 가르쳐줘야 했다. 따라서 엄마는 나에게서 떨어지지 않으려고 꼭 붙어 다녔다.

마스터에게 길 잃은 아이처럼 보인다는 말을 듣자 옛일이 떠올랐다. 그다지 좋은 징조는 아니다. 어릴 적 생각을 하거나 부모님을 떠올리면 꼭 기분이 가라앉는다.

집으로 돌아가 내 방에 들어오니 피로가 한꺼번에 몰려왔다. 내가 생각했던 것 이상으로 에너지를 소모한 모양이다.

침대에 누워 천장을 바라보다 어느새 잠이 들었다. 미리와 요조숙녀에게 메일을 보내 스노위에 대해 물어봐야 한다고 꿈속에서 생각하면서.

셋 · 째 · 날 ·

다음 날 아침, 안방을 보니 엄마가 없었다. 잔 흔적도 없다. 먼저 휴대전화 메일을 체크했다. 도착한 메일이 있어서 유키에가 보냈나 싶었는데, 엄마로부터 온 것이었다. 새벽 2시에.

✉ 미안, 말하는 거 깜박했어. 오늘부터 센다이 출장이야. 지금 호텔 옆에 있는 술집에서 한잔하고 있어. 나기가 빌려준 아이팟에 있는 노래를 노래방에서 불렀는데, 글쎄, 아는 선생님들이 한 명도 없는 거 있지? 너무 촌스럽지 않니? 내일은 학생들하고 가야겠어.

메일을 보낸 것만으로도 감지덕지다. 엄마의 출장은 대부분 학회 일이고 이번에도 그럴 것이다. 엄마가 어떤 식으로 일을 하는지는 모르겠지만, 지금까지 별 탈 없이

해온 걸 보면 나름대로 성과를 올리는 것 같기는 하다. 믿어지지는 않지만.

아무튼 엄마가 잘하고 있다는 걸 알기에 나도 내 일에 집중할 수 있다.

꿈속에서까지 걱정했던 일을 우선 처리하려고 컴퓨터를 켜고 인터넷에 접속했다. 미리와 요조숙녀에게 메일을 보냈다.

✉ 스노위 일로 할 말이 있는데 괜찮을까요? 스노위는 제 친구 같거든요. 급한 일이라서 그런데 가능하면 빨리 답장을 해줬으면 좋겠어요. 제 휴대전화 번호하고 메일 주소 남길게요.

답장이 오기를 기도하며 테이블 위에 놓아둔 휴대전화를 슬쩍 봤다.

왜 유키에는 메일을 보내지 않을까?

혹시 전파가 닿지 않는 산속에 있거나 휴대전화가 고장 난 건 아닐까? 아니면 물리적으로 메일을 보낼 수 없는 상황, 그러니까 유키에가 다치거나 아파서 병원에 있거나, 함께 있는 누군가에게 휴대전화를 빼앗겼다든가. 그것도 아니면 유키에가 메일을 보내지 않기로 작정을 한 걸까? 도무지 생각이 떠오르지 않는다.

커피를 마시면서 멍하니 텔레비전을 봤다. 이럴 때는 꼭 보고 싶지 않은 방송이 나온다. 뉴스 버라이어티 쇼다. 특별한 뉴스거리가 없었던지 시부야 주변에 몰려있는 가출소녀들을 특집으로 다뤘다. 패널들의 얄팍한 탄식. 리모컨을 들어 채널을 바꾸지만 다시 되돌아오고 만다. 내가 이 프로를 보고 싶은 걸까? 생각을 떨치듯 텔레비전을 껐다.

착신을 알리는 경쾌한 소리. 컴퓨터에 메일이 도착했다. 메일열기 클릭. 요조숙녀다. 블로그를 운영하다 보니 컴퓨터를 늘 가까이 두고 사는 것 같다. 다행이다.

> ✉ 스노위 님에 대해 묻는 메일을 받았습니다만, 제가 어떤 도움을 드릴 수 있을까요?

정중한 말투로 신속하게 반응한다. 메일 쓰는 법이라는 강좌를 열어도 좋을 듯하다. 나도 빠르게 답장을 했다.

> ✉ 얘기가 좀 길어요. 만날 수 없을까요? 전 다이칸야마에 살아요. 장소를 말하면 제가 그쪽으로 갈게요. 거짓말이 아니라 정말로 스노위와 같은 반 친구예요. M대학 부속 여자고등학교 2학년이에요. 그러니 다른 걱정은 마세요.

✉ 그럼 시부야에서 만나요. 세룰리언 타워 로비가 어떨까요? 30분쯤 뒤면 도착할 것 같아요. 그쪽 인상착의를 말씀해주세요.

우리 엄마보다 훨씬 어른스러운 메일이다. 답장에 신장은 160센티미터, 밝은 갈색 커트, 검정색 민소매에 회색 바지를 입었다고 적었다. 로비 소파에서 음악을 듣겠다는 말도 함께.

메일에 쓴 대로 옷을 갈아입고 머리를 드라이했다. 화장은 아주 간단하게.

집을 나서기 전에 다시 한 번 컴퓨터와 휴대전화를 체크했다. 미리도, 유키에도 메일은 없다.

세룰리언 타워 로비는 내가 좋아하는 곳 중 하나다. 오가는 사람들은 많지만 어수선한 느낌이 없다. 소파에 몸을 기대고 헤드폰으로 음악을 듣고 있자니 온몸이 편안해진다. 불교에서 말하는 극락정토가 이런 곳일 거라는 생각까지 든다.

"많이 기다렸어요?"

차분하면서 울림이 있는 목소리다. 피부가 눈부시게 하얗고 원피스를 입은 날씬한 여학생이 앞에 서 있었다. 블로그에서는 '또 다른 나'를 손쉽게 연출할 수 있지만,

요조숙녀는 블로그에 써놓은 자기 소개글이 사실인 것 같다.

"저기, 그러니까 블로그?"

내가 묻자 그녀는 엷은 웃음을 띠며 끄덕였다.

"기호코라고 해요."

"나기예요. 와줘서 고마워요."

"저쪽에서 커피라도 마시죠."

기호코는 눈으로 커피숍을 가리켰다.

함께 커피숍으로 걸어가는데, 호텔 직원이 기호코에게 말을 걸었다. 기호코는 웃으면서 응대했다. 대화 내용으로 추측하건대 기호코 가족은 이 호텔의 단골인 듯하다.

기호코는 홍차를, 난 커피를 주문했다.

"그래서요?" 기호코가 물었다.

인사말이며 서론은 생략이다. 곧바로 본론으로 들어간다.

"스노위 아니, 유키에 일로. 유키에가 그 친구 이름이에요. 그런데 지금 유키에 행방을 몰라요. 휴대전화도 연결되지 않고. 일주일쯤 나갔다 오겠다는 메모만 남기고 사라져서 지금 찾고 있어요."

"가출을 했다는 거군요?"

“네. 캠프에 참가한 걸로 생각하라는 말도 썼어요.”

“그렇군요. 스노위, 아니 유키에 씨 일로 걱정하는 이유를 알겠어요. 이상한 일에 휘말리지 않았을까 걱정하는 거죠?”

이해력도 매우 빠르다.

“그래서 저한테 뭘 물어보고 싶은가요?”

기호코의 말투는 무례하거나 건방지지 않고 매우 정중하다. 진심으로 유키에를 생각하는 마음이 전해진다.

“유키에는 기호코 씨의 블로그, 요조숙녀 화법강좌에 흥미를 갖고 있었잖아요. 세련된 말투를 배우고 싶었던 것 같던데. 댓글을 달았죠?”

“네.”

“블로그에는 댓글도 쓰지만 저처럼 직접 메일을 보낼 수도 있잖아요. 유키에는 기호코 씨한테 메일로 상담을 하지는 않았나요?”

기호코의 표정이 굳어졌다. 유키에는 메일을 보낸 모양이다.

“유키에가 메일에 어떤 말을 썼죠?”

“케이크에 대해서요.”

“네?”

“어느 제과점의 케이크를 좋아하는지 물었어요.”

"그래서요?"

"아오야마에 있는 P제과점에서 파는 밀푀유(맛있는 파이의 켜가 여러 겹을 이루는 페스트리로, 달콤하고 바삭바삭한 프랑스식 고급 디저트—옮긴이)하고, 도립대학 안에 있는 R제과점에서 파는 롤케이크를 좋아한다고 답장을 했어요."

"그다음은요?"

"홍차인지 커피인지."

"케이크 먹을 때 어떤 걸 마시냐는 말인가요?"

"네. 저는 홍차를 마신다고 했어요. 봄에 딴 다르질링."

"그것뿐이에요?"

"다음은 자주 가는 가게. 옷 가게나 잡화점, 레코드점, 뭐든 좋다고 했어요. 또 뭘 배우냐는 질문도 했고."

뭘 배우냐는 질문은 안 했지만, 유키에는 나에게도 같은 질문을 했다. 넌 어떤 초콜릿을 좋아해? 어머, 카카오 초콜릿을 좋아한다고? 쓰지 않니? 초콜릿 먹을 때는 어떤 차를 마셔?

"하지만……." 기호코가 말을 흐렸다.

"하지만 뭐요?"

"유키에 씨한테는 미안한 말이지만 좀 지나치다는 생각을 했어요. 솔직하게 말씀드리면 기분이 나빴어요. 내 사생활에 대해서 너무 시시콜콜하게 물으니까요."

충분히 이해한다. 인터넷으로 알게 된 사이다. 이 정도면 기호코는 얼굴도 모르는 스노위라는 사람에게 정중하게 대해준 편이다.

"순간 네카마('넷 오카마'의 준말—옮긴이)가 아닐까 생각했어요."

기호코가 말하니까 네카마라는 비속어조차도 기품 있게 들린다. 네카마는 '인터넷 게이'의 줄임말이다. 인터넷상에서 남자가 여자처럼 행동하며 남자를 유혹해 돈을 갈취하거나, 동성인 것처럼 안심시킨 뒤 친해진 다음 나쁜 짓을 하려는 사람들이 많다.

"경계를 했군요."

"네. 그래서 그 뒤로는 답장을 보내지 않았어요."

"스노위가 뭐라고 하지 않던가요?"

"여러 모로 고마웠고, 참고가 됐다고 했어요."

참고가 됐다? 기호코의 취향이나 세련된 말투를 참고해 어쩔 생각이었을까?

"유키에 씨한테 메일을 받은 건 5월이었으니까 꽤 됐네요. 그 뒤로는 메일이 없어서 잊고 있었어요. 오늘 그쪽한테 메일을 받기 전까지는."

"스노위는 남자가 아니라 유키에일 거예요. 유키에는 순수하게 기호코 씨 취향이나 평상시 생활하는 모습을

알고 싶었던 거 같아요. 그것이 이번 가출과 연관 있는 거 같긴 한데."

"나처럼 하고 누군가를 만난다든가요?"

"세련된 여자를 좋아하는 남자? 아니면 남자의 취향에 자기를 맞추려고 했던 걸까요?"

"있을 법한 일이죠."

"하지만 유키에는 나한테도 좋아하는 음식이나 자주 가는 가게, 가족사항에 대해 물어봤어요. 내가 샀던 옷을 똑같이 사기도 했고요."

기호코가 눈을 동그랗게 뜨고 날 봤다. 기호코와 난 분위기가 달라도 너무 다르다. 그리고 또 한 사람, 미리가 있다. 미리는 프로모델이다. 미리 또한 우리와는 전혀 다르다.

"배우."

순간적으로 튀어나온 말이다. 평상시 유키에와는 전혀 어울리지 않지만, 다양한 인간상을 연기하고자 했다면 배우 같다는 생각이 들었다.

기호코도 끄덕이며 말했다.

"확실히 배우 같네요. 여러 여자의 특징이나 취향을 파악해서 자기와 다른 누군가가 된다. 유키에 씨는 극단이라도 들어갈 생각이었을까요?"

"그런 말을 들은 적이 없지만, 절대 아니라고 단정짓지도 못하겠어요."

"그것 때문에 가출했을지도 몰라요. 극단에 소속되어 있어서 무대에 오르기 위해 연습을 할 수도 있잖아요."

"가출까지 할 필요가 있었을까요? 합숙을 하면서까지 연습할 거면 가족한테 말하면 되잖아요."

"반대할까봐 그랬겠죠."

유키에가 극단에 들어간다고 하거나 며칠 동안 연습해야 해서 집에 못 들어온다고 하면 유키에의 부모님이 반대했을까? 아마 찬성 하지는 않았겠지.

"나기 씨는 유키에 씨와 친하죠? 유키에 씨는 어떤 사람인가요?"

뭐라고 대답하면 좋을지 몰라서 솔직하게 말했다.

"유키에가 어떤 아이인지 알 만큼 친하지 않았어요."

"네? 하지만 이렇게 유키에 씨를 걱정하며 찾고 있잖아요."

내가 아무 말이 없자 기호코가 말을 이었다.

"조금 알 것도 같아요. 유키에 씨가 어떤 사람이었는지. 저도 유키에 씨와 메일을 주고받았으니까요. 이런 말은 실례일지 모르지만, 상대한테 의지하는 면이 있지 않나요? 혼자서 그렇게 믿어버린다고 해야 할까. 이쪽

은 그 정도로 친하다고 생각하지 않는데 자기 혼자 친하다고 생각한다고 해야 할까.”

정확하다.

“그런 사람과 사귀면 필요 이상으로 죄책감을 느끼죠. 마치 자신이 굉장히 냉정한 사람인 것 같고. 저도 그랬어요. 전 유키에 씨를 의심했어요. 여자인 척하고 접근하는 남자가 아닐까 하고요. 하지만 지금 말을 듣고 보니 유키에 씨는 절 인터넷으로 알게 된 소중한 친구라고 생각했다는 느낌이 들어요. 유키에 씨가 보낸 메일을 떠올리니 더욱 그러네요.”

기호코는 홍차를 한 모금 마시고 나서 말했다.

“제 쪽에서 메일 주고받는 걸 끊지 않았다면 유키에 씨와 더 친해질 수 있었을 텐데.”

기호코가 매우 괴로운 표정을 짓는다.

“뭐, 극단? 아니야.”

유키에의 엄마는 바로 부정했다.

기호코와 헤어진 뒤 전화를 걸어 유키에가 극단에 소속되어 있는지, 연극에 관심이 있었는지 물었다.

“쉬는 날에 연극을 보러 간다든가, 그런 종류의 잡지를 보지 않았어요? 아니면 유키에 주소록에 극단 이름

은 없었나요?”

“아니, 우리 유키에가 예술 쪽에 관심 있었다곤 상상조차 할 수 없어. 그런데 극단이라고? 유키에가 연극이라니!”

“연기 말고 다른 일도 할 수 있잖아요. 연출이나…….”

“설마. 그런 화려한 일에 적성이 맞지 않다는 건 본인이 더 잘 알고 있을 거야.”

그건 그럴지도 모른다. 지금까지 나도 유키에가 연극에 흥미가 있다고 생각한 적도, 그 분야에 어울린다고 생각한 적도 없었다.

“내 자식을 두고 이런 말 하긴 그렇다만, 얼마나 착실한 아이인지 쉬는 날에도 집에서 책을 읽으면서 보내. 외출이라고 해봤자 세미나 가는 정도고.”

“세미나요?”

“응, 복지센터에서 하는 세미나.”

“아, 컴퓨터에도 리포트가 있었어요.”

“세미나에서 들은 말을 정리한 걸 거야. 세미나라고 해봤자 그렇게 대단한 건 아니고, 자원봉사자들이 지역 복지센터나 대학에서 하는 거였어. 집에서 노인을 모시는 사람들을 위한 강연회 같은 거. 유키에는 그런 세미나에 가끔 참석했어.”

이렇게 훌륭할 수가! 자발적으로 세미나를 찾아 참가하다니. 유키에는 정말로 사회복지학을 공부할 생각이 있나 보다. 여러 모로 쓸모가 있을 것 같아 적당히 영문학과를 지망하는 나하고는 수준이 다르다. 잠시 생각에 빠져 있는데 유키에의 엄마가 영문학과를 언급해서 깜짝 놀랐다.

“사회복지학과보다는 영문학과에 가는 게 훨씬 좋을 텐데. 두루두루 쓸모도 많고 좀 좋니?”

나 역시 그렇게 생각했지만 가만히 있을 수는 없다.

“전 유키에가 훌륭하다고 생각해요. 뚜렷한 목표가 있고, 그걸 이루기 위해 노력하니까요.”

“그래 봤자 유키에는 못해. 절대 무리야.”

“어째서요?”

“우리 집에는 할아버지가 계시잖니. 복지 일을 할 거면 먼저 자기 할아버지를 돌봐야지. 그런데 자기 할아버지는 거들떠보지도 않거든.”

“돌봐드리지 않아도 되니까 그런 거 아니에요? 아직 정정하신 것 같던데.”

유키에 집에서 봤던 할아버지를 떠올리며 말했지만, 코웃음 소리가 들렸다.

“흥! 유키에 할아버지를 몰라서 그래. 네가 봤을 땐

그나마 좋아졌을 때니까. 약을 조금 줄였거든.”

“약이요?”

“유키에 할아버지는 항우울제를 복용하고 있어. 자율 신경에 문제가 조금 있거든. 약 덕분에 그럭저럭 지낼 수 있는 건 다행이지만 때때로 약이 과하게 작용할 때가 있어. 요전 날에도 말했던가? 가끔씩 기분이 좋아서 온 종일 자기 애길 할 때가 있다고. 성장과정이며 전쟁 이야기를 줄기차게. 그 당시로 볼 때는 극히 평범한 인생이었는데, 마치 당신이 대단한 인생을 살아온 듯이 이야기를 하고 또 하고. 나이를 먹으면 자기애가 강해진다고 해야 하나, 자기밖에는 관심이 없다고 해야 하나……. 아무튼 보기 좋은 건 아니야. 그래도 하는 수 없으니까 애길 들어줘. 그러면 용돈을 듬뿍 주지. 하지만 반드시 반작용이 나타나. 자기 돈을 훔쳐갔다며 의심하고 온갖 욕을 하면서 성질을 내. 벽을 차고 물건을 내던지고. 그 성질에 다리가 약하기에 망정이지 아니었으면 우리한테 폭력을 휘둘렀을지도 몰라.”

“그럴 때 유키에는 어떻게 해요?”

“보통 할아버지가 이야기를 시작하면 자리를 피해. 자기 방에 들어가 방문을 잠가버리지. 뒷일은 전부 나한테 맡기고.”

"할아버지한테 용돈을 받았을 거라고 하셨잖아요? 아르바이트비라는 건 그 돈이 아닐까 하셨으면서."

"그랬지. 용돈 때문에 할아버지 이야기를 참고 들어 주지 않았을까 하고. 하지만 그런 일은 아주 가끔이야. 유키에는 평상시에 할아버지를 피했으니까."

"그래요?"

"그럼. 유키에가 정말로 사회복지 공부를 하고 싶은 건지 의심스러울 정도라고."

자기 할아버지도 돌보지 못했다. 할아버지가 이야기를 시작하면 도망쳤다. 유키에는 분명히 그런 자신을 한심하게 생각하지 않았을까? 그렇기에 더더욱 대학에서 사회복지학을 전공하겠다고 생각한 것은 아닐까?

극단에서 배우를 지향하는 것보다는 사회복지 쪽이 훨씬 유키에한테 어울린다. 옷을 샀던 일이며, 요조숙녀의 생활방식을 배우려고 한 일은 여전히 의문으로 남지만.

"유키에 컴퓨터에 있는 사회복지 세미나 리포트를 보고 싶은데요. 팩스로 보내주시겠어요?"

유키에의 방에서 프린트를 했지만, 유키에의 엄마에게 드리고 왔다.

"보내주는 거야 어렵지 않지."

유키에의 엄마는 별 도움이 안 될 거라는 듯 가라앉은

목소리로 말했다. 유키에의 엄마와 전화를 끊자마자 휴대전화가 울렸다. 등록되지 않은 전화번호다.

"나 미리야!"

전화를 받자 소프라노 톤의 목소리가 들렸다.

"블로그의 미리 님?"

"맞아. 스노위 때문에 메일 보냈지? 좀 전에 봤는데 바로 나가야 해서 그냥 전화 걸었어."

"고마워요. 지금 통화 괜찮아요?"

"잠깐 동안만. 지금 대기 중이거든."

"대기 중?"

"일 때문에. 순서를 기다리고 있는데 지겨워 죽겠어."

처음 통화하는 것 같지 않게 미리는 스스럼없이 말했다. 주저하거나 내가 누군지 경계하지 않는다. 이건 무방비와는 다르다. 냄새를 잘 맡는다고 해야 하나? 경계할 상대인지 아닌지 구별할 줄 아는 코를 가졌다. 난 미리의 코에 오케이를 받은 모양이다.

그러면 나도 경계할 필요가 없다. 매일 얼굴을 마주하는 반 친구보다 더 편하게 말할 수 있다는 사실을 기뻐해야 할지 어떨지 판단이 서지 않는다.

"미리, 넌 모델이라고 했지? 그럼 순서를 기다리고 있다는 것도 모델 일 때문이야?"

"응. 모델이라고 해봤자 아직 삼류지만."

미리는 시원스레 말하며 살짝 웃었다. 시끌시끌한 소리가 전화기를 타고 들렸다. 야외에서 촬영을 하는 모양이다.

"지금 오다이바에 있어. 바닷바람이 세서 큰일이야. 내일모레부터는 지방에서 촬영할 거고."

"지방에도 가?"

"별장에서 촬영한다나 봐."

"아아."

그 말만 들으면 여유롭고 즐거워 보이지만 힘든 일도 많겠지.

"근데 스노위가 왜?"

우선 나와 유키에에 관해 간단히 소개한 뒤, 유키에가 메모를 남긴 채 가출을 했다고 말했다. 미리는 놀라는 기색도 없었다. 가출이 뭐 대수로운 일이냐고 생각하는 듯하다.

"유키에는 굉장히 성실한 아이야. 가출한 적은 지금까지 한 번도 없었어."

"성실한 건 알아."

"유키에하고 메일을 주고받은 적이 있어?"

"그럼 자주 했는걸." 미리가 말했다. "처음 메일이 왔

을 때가 2월이었던가? 3월 초였던가. 아무튼 봄이었어. 스노위는 진짜 열심히 배우려고 했어. 아, 유키에가.”

“댓글에도 이것저것 가르쳐달라고 썼지?”

“맞아. 메일도 그런 식이었어.”

“메이크업이나 걸음걸이 말고 또 있었어?”

“음, 뭐라고 할까. 점점 나한테 관심을 갖는 거 같았어. 모델 일과 학교를 병행하는 게 힘들지 않으냐는 둥, 음식을 먹을 때 신경 쓰는 점이 있느냐는 둥. 미용실은 어디를 가고, 엄마도 멋있고 예쁘지 않느냐는 등등. 하지만 블로그에 모델 아르바이트를 한다고 쓰면 이런 비슷한 일은 간혹 있거든. 팬이 생긴 것 같아서 별로 기분 나쁘지는 않았어.”

“그럼 답장도 꼬박꼬박 해줬어?”

“될 수 있는 한. 그런데 많은 도움이 되어 고마웠다는 말을 마지막으로 갑자기 스노위한테 메일이 뚝 끊겼어.”

“그때 기분이 어땠어?”

“조금 충격이었다고 할까, 맥이 빠졌다고 할까. 스노위가 내 팬이라고 생각한 게 착각이었구나, 나 혼자 오버했구나 싶어서 창피했지. 스노위는 팬 입장에서 나한테 관심 있었던 게 아니라 뭔가 알고 싶은 게 있어서 조사하는 거 같았거든.”

"아마 그랬을 거야. 너 말고도 유키에가 조사한 사람
이 있었으니까."

"그래? 그 사람도 모델이야?"

"아니. 말 그대로 요조숙녀야. 명문학교에 다니면서
'나만의 우아한 생활'이라는 블로그를 하고 있어. 닉네임
역시 '요조숙녀'고. 유키에는 요조숙녀한테도 접근했어."

"나하고 똑같네. 그래서 걔가 가출한 게 우리를 열심
히 조사한 일과 관계가 있다는 거야?"

"그런 거 같긴 한데 아직 확실하지 않아. 유키에하고
메일을 주고받으면서 뭔가 특이한 점은 없었어? 이상한
점이라든가."

"음, 뭐가 있었지?"

미리가 생각에 잠겼다. 잠시 기다렸다. 말이 없는 건
상관없지만 휴대전화 배터리가 줄어드는 게 신경 쓰인
다. 제발. 이럴 때 배터리가 나가는 일만은 없기를.

"그렇게 이상한 건 아니지만……"

미리가 입을 열었다.

"스노위가 자기도 예뻐지고 싶다는 메일을 보낸 적이
있었어. 메이크업에 대해 썼을 때. 그래서 남자친구 때
문이냐고 물었지."

"그랬더니?"

“답장이 왔어. 남자친구 때문에 예뻐지고 싶은 것도 있지만, 더 큰 목적이 있다고 하던데…….”

“큰 목적?”

“그렇게 썼어. 그게 뭐냐고 메일을 보냈더니 자세한 말은 해줄 수 없댔어. 너무 꼬치꼬치 묻다 괜히 종교적인 문제라도 나오면 무섭잖아. 그래서 그냥 넘어갔지.”

충분히 이해한다. 큰 목적을 위해 멋에 관심을 갖고, 예뻐지고 싶다고 진지하게 말한다면 가까이 다가가기 겁나니까.

큰 목적이란 말도 걸리지만, 또 하나 걸리는 것이 있다. 유키에가 예뻐지고 싶은 이유가 ‘남자친구 때문이기도 하다’고 썼다는 점이다. 유키에는 좋아하는 사람이 있었다는 말이다.

대체 그 남자가 누구일까?

“유키에가 남자친구에 대해 말한 건 그때뿐이었어?”

“응.”

“나이가 얼마나 된다, 어디서 만났다는 말 같은 건 쓰지 않았고?”

“물었으면 말해줬을지도 모르겠지만 깊이 물어볼 마음이 들지 않았어. 그렇게까지 스노위의 사생활에 큰 관심도 없고.”

미리는 마지막에는 자못 냉정하게 말하더니 짧게 침묵한 후 다시 진지하게 말을 이었다.

"그래도 물을 걸 그랬지? 그랬으면 왜 가출했는지 알았을 테고, 어디 가서 찾아야 할지 짐작이라도 할 수 있었을 텐데."

미리도, 기호코도 유키에와는 인터넷으로 알았을 뿐인데, 자신들이 뭔가 더 해주지 못한 것을 안타까워하고 있다. 그건 나 역시 마찬가지다. 유키에를 위해 할 일을 못 한 건 나다.

누군가 미리를 부르는 소리가 들렸다. 대기 시간이 끝난 모양이다.

"차례가 왔나 봐."

내가 말하자 미리는 지금까지와 달리 긴장된 목소리로 말했다.

"얘기하는 중간에 미안하지만 가봐야겠어."

"오늘은 이걸로 충분해. 나중에 궁금한 게 있으면 전화해도 돼?"

"물론이지. 스노위를 찾으면 바로 알려줘."

"알았어."

"그럼 끊을게."

전화를 끊자마자 미리는 또래 여고생에서 프로 모델

로 돌아가 있겠지. 카메라맨인지 잡지 편집자인지 모르겠지만 촬영 현장의 책임자에게 죄송하다고 가볍게 고개를 숙이면서 잰걸음으로 자기 위치로 달려가는 미리의 모습이 머릿속에 그려진다.

갑자기 가슴속에서 서글픔이 밀려온다. 왜 그런 감정이 생긴 건지 바로 알아채지 못했다. 너무나 낯설어 파악하기 힘들었지만, 깨달은 순간 작은 탄성이 나올 뻔했다.

아! 부러움이다.

미리가 부러웠다.

미리는 나와 동갑인데 자신의 길을 찾았다. 일도 시작했다. 지금은 주어진 일도 별로 없고 작은 일을 하기 위해 오랜 시간을 기다리면서 보내야 하지만, 그래도 촬영 현장에 있다는 것 자체가 미리에게는 행복이 아닐까?

지금까지 내 주위에 이런 사람들이 없던 건 아니었다. 복지와 관련된 일을 하고 싶다며 착실하게 준비를 하는 유키에도 그렇다. 의사가 되겠다는 아이도 있고, 앞날을 전혀 생각하지 않는 아이도 있다. 하지만 이런 기분이 든 적은 없었다. 숨이 막힐 정도로 강렬한 선망. 유독 미리한테 이런 감정을 느끼는 이유는 뭘까?

모델이라는 직업? 그에 따르는 화려함? 아니다. 내가 부러운 건 더욱 현실적이다.

아마도 미리가 실제로 일을 하고 돈을 벌기 때문일 것이다. 그것도 아주 자연스럽게. 아직 별 볼일 없는 역할이라고 해도 열심히 노력하는 모습이 보인다. 아마도 미리는 점점 발전할 것이다. 잠깐 통화를 한 것뿐이지만 상상할 수 있다. 작지만 알찬 그녀의 생활이 부러웠다.

앞으로 난 어떻게 돈을 벌까? 아르바이트나 인터넷 옥션에서 용돈 벌이를 하는 정도의 수준이 아니라 당당한 직업을 갖고서 말이다.

뭐, 어떻게든 되겠지. 초조해 해봤자 소용없는 일이다. 하지만 정말로 그렇게 될까? 정말 어떻게든 될까?

세룰리언 타워에서 나와서 보니 비가 내리고 있었다. 우산을 갖고 오지 않아 하는 수 없이 달렸다.

시부야 역으로 갈까 했지만, 젖은 채로 지하철을 타면 기분이 불쾌해진다. 집까지 걸어가기로 했다. 막상 달리고 보니 비에 젖는 게 신경 쓰이지 않았다. 숨이 차고 가슴이 답답해졌지만 달린다는 느낌은 그 무엇과도 비교할 수 없다.

집에 도착하자마자 먼저 샤워를 했다. 머리를 말리면서 거실로 걸어갔다. 팩스가 도착한 게 보였다. 유키에의 엄마가 보냈다. 사회복지 세미나에 대한 메모. 유키

에가 컴퓨터로 작성한 것이다. 날짜와 장소, 내용 등이 간단하게 메모되어 있다. '동물요법에 대해서', '음악치료에 대해서' 등등. 세미나는 토요일이나 일요일에 있었다. 장소는 세타가야 구 구민센터나 도내에 있는 노인복지시설이고 주최는 '블루펜슬'이라는 봉사활동 단체다. 유키에는 적어도 세 번 세미나에 참가했다. 작년 가을에 처음 참가했고, 올해는 2월과 5월에 참가했다. 메모를 남기지 않고 더 많이 참가했을 수도 있다.

상당히 열심이다.

어쩌면 유키에가 말했던 아르바이트는 블루펜슬과 관련되어 있는지도 모른다. 봉사활동을 하면서 돈을 받은 건지는 확실하지 않지만, 어쩌면 사례 형식으로 받았을 수도 있다. 유키에가 멋에 관심을 가지기 시작한 것과 봉사활동을 연결 짓기는 힘들지만 조사해볼 가치는 있다.

인터넷에서 블루펜슬을 검색해봤다. 하지만 만년필이나 필기구 용품점 외에 소설이나 에세이창작 서클만 나와 있다. 봉사단체를 추가로 검색했지만 나오지 않았다. 요즘 같은 세상에 홈페이지가 없는 단체라니.

인터넷 검색은 포기하고 구민센터에 전화를 걸었다. 예전에 그곳에서 복지와 관련된 세미나를 열었던 블루

펜슬이란 단체에 대해 알고 싶다고 정중하게 물었다. 전화를 받은 여직원은 "네"라고 할 뿐 말이 없다. 불친절한 것이 아니라 바쁜 것 같다.

"연락처를 알 수 없을까요? 세미나에 참석하고 싶어서요."

"잠깐만요."

잠시 기다리라고 하더니 대기음이 나왔다. 이게 무슨 곡이지? 초등학교 운동회 때 자주 들었던 '목장의 아침'이나 '오브레엘리' 둘 중 하나다. 옛날부터 이 두 곡을 구별하지 못했다.

직원이 다시 전화를 받았다.

"연락처는 대표자 휴대전화로 되어 있어요. 분고 하지메라는 분이에요. 번호 불러드릴게요."

번호를 받아 적고 전화를 끊으려고 하는데 직원이 덧붙여 말했다.

"내일도 있는데요."

"네?"

"세미나요. 내일 오후 3시부터 있어요."

"구민센터에서요?"

"네. 사전 예약제인데 아직 자리가 있어요. 내일은 음악치료를 해요. 비용은 나눠드리는 자료를 포함해서

500엔인데 신청하시겠어요?”

“네, 할게요.”

“노인 분도 함께 오시나요?”

“아뇨. 저 혼자 갈 건데 안 되나요?”

“안 되는 건 아니지만, 이왕이면 함께 오시는 편이 좋아요.”

“내일은 저 혼자 참가할게요.”

“그럼 이름하고 연락처, 나이를 말씀해주세요.”

연령제한이 있을지도 몰라서 스무 살이라고 했다. 미성년자라고 하면 이래저래 말을 들을까봐 귀찮아서.

“내일 오후 3시부터 구민센터 2층에 있는 제3집회실이에요. 활동하기 편한 복장으로 오세요.”

“알겠습니다.”

전화를 끊고 나니 마음이 조금은 가벼워졌다. 왜 그럴까? 한 걸음 전진했다고 생각해서? 아니, 한 걸음이 아니다. 사실 열 걸음은 전진한 기분이다.

어쩌면 내일 세미나에 유키에가 올지도 모른다고 상상을 해본다. 블루펜슬 스태프의 일원으로 유키에가 참가해서 구민센터에서 만난다. 난 유키에한테 엄마가 걱정한다고 전해준다. 그러자 유키에는 지금 하는 일을 마치고 싶다고 한다. 그 전까지 집에 돌아가지 않겠다는

의지가 확실하게 느껴진다. 난 유키에의 엄마에게 비밀로 해줄 테니 전화는 하라고 한다. 유키에도 그러겠다고 한다. 이걸로 유키에의 가출사건은 일단락된다는 결말.

물론 너무 안이한 생각이란 건 잘 안다. 그래도 자꾸 그런 결말을 기대하게 된다. 아마도 유키에의 행방불명이 시간이 지날수록 점점 마음의 짐이 돼서 그런 것 같다.

유키에가 집을 나간 지 벌써 3일째.

몇 번이고 유키에의 휴대전화에 전화를 걸고 메일을 보냈지만 대답이 없다. 그래서 더더욱 불안하다.

어차피 엄마는 출장 중이고, 혼자서 편의점 도시락을 먹는 모습은 그림이 영 아니다. 그래서 저녁은 지드로 결정.

빗발이 세졌다. 반바지에 샌들을 신고 우산을 들고 나왔다. 손, 발이 젖을 것을 대비해 수건을 가방에 넣었다.

이 수건도 엄마가 파리에서 사다준 것이다. 검정색에 가까운 짙은 감색 바탕에 작은 별이 수놓인 수건. 겨울 밤하늘 같은 것이 딱 내 이미지여서 사왔다고 엄마가 말했다.

카페는 붐볐다. 카운터에도 한 자리밖에 남지 않았다. 카운터 중앙에 젊은 여자 셋이 진을 치고 있다. 마스터

는 세 여자를 상대하느라 바빠서 날 보고는 가볍게 고개만 끄덕였다.

"가게에서 트는 음악은 마스터 취향이에요?"

세 사람 중 한 명이 한껏 귀여운 목소리로 물었다.

"그렇기도 하고 아니기도 하고." 마스터가 말했다.

"지금 나오는 곡은요?"

"이건 우리 종업원이 고른 것 같은데요."

"아, 그래요?"

입술을 약간 삐죽 내밀며 마스터를 쳐다봤다.

저 여자들은 뭐지? 어디서 나타난 거래?

난 수건으로 어깨 주위를 털고 조용히 여자들을 관찰했다. 인형처럼 예쁜 얼굴. 어깨까지 내려오는 굵은 웨이브. 세 사람 모두 똑같다. 자세히 보면 약간씩 차이는 있지만 전반적으로 비슷한 인상을 풍기는 것이 기분 나쁘다.

내 앞에 물컵과 땅콩이 담긴 접시가 놓였다. 놓은 사람은 새로 들어온 종업원. 그래서 초콜릿이 없다. 지금 나오는 곡을 고른 사람일지도 모른다.

"마스터, 여기 뭐가 맛있어요? 추천 좀 해주세요."

세 사람 중 또 다른 사람의 질문.

그냥 자기가 먹고 싶은 거 주문하면 됐지 남의 의견은

왜 묻니? 톡 쏘아주고 싶었지만 마스터는 정중하게 대답했다.

이 상황에서 마스터가 파스타를 만들 가능성은 낮다. 늘 먹는 그 맛을 기대할 수 없다. 그래서 샐러드와 빵만 주문했다. 음료는 그냥 물.

그냥 있자니 손이 허전해서 휴대전화를 확인했다. 수신메일 없음. 유키에한테서도, 엄마한테서도, 아무한테서도 없다. 기분이 더 가라앉는다.

이럴 때는 얼른 먹고 얼른 집에 가서 얼른 자는 게 상책이다. 주문한 샐러드와 빵을 천천히 입에 넣었다. 여전히 세 여자가 떠드는 소리가 들린다. 이따금 마스터의 목소리가 섞였다. 신경은 쓰이지만 보지 않았다. 이러는 나 자신이 우습고 한심하다.

여자들의 수다는 끊임없이 이어졌다. 대학생처럼 보인다.

"모처럼 오후 강의가 휴강이 돼서 다이칸야마로 놀러 왔다가 여기를 발견했는데, 정말 잘 왔어요."

잘 오기는 뭐가 잘 와?

"내일도 와야지."

"고마워요."

마스터가 대답했다.

점점 식욕이 없어져 반 정도 먹고는 자리에서 일어났다. 마스터의 시선이 느껴진다. 눈도 맞추지 않고 계산대로 향했다.

"감사합니다." 신참 종업원이 말했다.

계산을 마치고 카페를 나왔다.

밤 여덟 시가 넘었다. 비는 여전히 내린다. 어차피 집에 가는 거라서 젖어도 상관없다.

상점들은 아직 영업중이다. 옷가게와 잡화점을 보며 길을 걸었다. 연인인 듯한 남녀 몇몇이 다정스레 길을 걷고 있다. 젖으면서도 우산 하나를 같이 쓰는 모습이 즐거워 보인다. 어쩌면 나보다 나이가 많을지도 모르겠지만, 내 눈에는 모두 내 또래로 보인다. 다들 천진스러운 미소를 짓고 있다.

갑자기 고독해진다. 이제 와서 새삼스럽다는 생각이 든다. 언제는 누가 내 옆에 있었다고.

요 며칠은 유키에의 엄마나 할아버지, 기호코, 미리 등 평소보다 많은 사람들과 만났다. 그런데 어째서 이럴 때 고독할까?

마스터와 이야기를 하려고 했는데 상대해주지 않아서? 날 우선시해주지 않아서? 너무 유치하다.

제과점 앞에서 남은 빵을 300엔에 팔기에 샀다. 내일

아침으로 먹어야지. 여기는 바게트가 맛있지만, 당연히 다 팔리고 없다.

팔고 남은 가여운 빵들. 내가 데려가줄게.

빗발이 거세졌다.

넷 . 째 . 날 .

푹 자고 일어나니 지난밤 가라앉았던 기분이 많이 좋아졌다. 비도 그쳤다. 창으로 들어오는 강한 햇살.

커피를 진하게 타고 어제 사온 빵 중에서 무화과와 호두가 든 롤빵을 먹었다. 팔다 남은 빵이라고 믿어지지 않을 만큼 맛있다. 이런 빵도 운이 없으면 팔리지 못한다.

아무 생각 없이 텔레비전을 틀었다가 깜짝 놀랐다. 어젯밤에 내린 비로 스기나미구가 침수 피해를 입었다고 한다. 집중호우, 소위 말하는 게릴라성 호우였던 것 같다. 스기나미구와 우리 집이 있는 시부야구는 바로 옆인데 이렇게 다르다. 저 하늘 위에 있는 어떤 심술쟁이가 스기나미구에 원한을 갖고 그곳만 노렸다고 생각할 수밖에 없다.

인터넷에 접속해서 메일을 확인해보니 기호코한테서

메일이 왔다.

✉ 어제 돌아갈 때 비 맞지 않았나요? 만나기까지 했는데 큰 도움을 드리지 못해서 죄송해요. 제가 도와드릴 일이 있으면 언제든지 말씀하세요.

✉ 고마워요. 또 연락할게요.

짤막한 답변을 보냈다. 사실은 정말로 많이 고마운데 막상 글로 쓰고 보니 쌀쌀맞게 느껴진다.

멍하니 텔레비전을 보고 음악을 들었다. 이제 슬슬 나갈 시간이다. 유키에 집에서는 세타가야 구민센터가 버스로 10분 거리지만, 우리 집에서는 1시간 정도 걸린다. 늦을 수야 없지.

활동하기 편한 옷을 입으라고 해서 반바지와 민소매 티셔츠를 입고, 맨발에 스니커를 신었다. 햇볕이 강해서 선글라스는 필수다. 야구모자도 썼다.

너무 덥다. 어제 내린 비 때문인지 습기도 많다. 지구 온난화인지 열대화인지 열섬현상인지는 모르겠지만, 아무리 그래도 이건 너무 심하다. 마음속으로 누가 어떻게 좀 해보라고 외쳐도 그런 사람은 나타나지 않는다.

도큐선은 붐볐다. 내가 여름방학이니까 온 세상이 여

름방학인 것 같지만, 그건 아니다. 노동이야말로 일상이다. 중간에 오다큐선으로 갈아타고 교도에서 내렸다.

역 앞 터미널에서 버스를 탔다. 자리는 비었지만 앉지 않았다. 버스는 노인들의 이동수단이다. 먼저 자리에 앉았다가 나중에 탄 노인에게 양보하는 것까지는 좋지만, 괜찮다며 거절할 경우 가시방석이 따로 없다. 버스로 통학한 덕에 얻은 지혜다.

3시 15분 전에 구민센터에 도착했다. 세미나가 시작되려면 시간이 꽤 남았다. 너무 빨리 온 건 아닐까 생각하며 집회실로 향했다.

복도에 테이블을 놓고 접수를 받고 있었다. 놀랍게도 접수처 주변은 사람들로 북적였다. 휠체어를 타거나 지팡이를 짚은 고령자와 함께 온 가족들이 많았다. 테이블 맞은편에 파랑색 티셔츠를 입은 남녀가 스태프인 듯하다.

그곳에 있는 사람들을 보고 아차 싶었다. 활동하기 편한 복장이란 아무래도 트레이닝복을 말한 듯했다. 색깔은 다르지만 다들 트레이닝 바지에 티셔츠를 입었다. 내가 입은 청바지에 민소매 차림조차 화려해 보인다. 차분하다고 할까, 생활감이 물씬 풍긴다고나 할까, 아무튼 알 수 없는 분위기가 감돈다. 뒷주머니에 찔러둔 야구모자와 머리에 쓴 선글라스를 서둘러 가방에 넣었다. 귀걸

이도 유리 개구리가 아닌 수수한 걸로 하고 올 걸. 후회
가 됐다.

"안녕하세요?"

접수를 하는 여자가 상냥한 목소리로 인사를 한다.

"아, 네."

목을 움츠리는 어정쩡한 인사를 해버린 나 자신이 싫
다. 의식적으로 등을 쫙 펴고 이름을 말했다. 접수담당
은 명부를 확인하고 내 이름에 동그라미를 쳤다. 신청한
순서대로인지 내 이름은 맨 아래에 있었다.

스테이플러로 묶은 인쇄물을 건네줬다. 그 위에 설문
지가 있다.

"설문지에 답변해주시겠어요? 참고자료로 쓰려고요."

"세미나를 마치고 해도 되요?"

"아뇨, 세미나를 마치면 다른 설문지가 나갈 거예요.
지금 드린 건 참가하기 전에 기입해주셨으면 하는데요."

"아, 네."

설문지란 무기명으로 쓰고 싶은 사람만 쓰는 거라고
생각했는데 아닌가 보다. 기명도 해야 하고 제출은 거의
의무화다. 귀찮다고 생각하며 집회실 안을 들여다봤다.

앞에 단체 티셔츠를 입은 블루펜슬 스태프가 4명이
있다. 안에서 음악이 흐른다.

스태프 중에 유키에는 없다. 여기서 유키에를 찾을 수 있을 거라는 기대는 역시 안이한 생각이었나 보다.

"저기, 설문지는 이쪽에서 기입해주세요."

접수담당이 복도 반대편에 있는 또 다른 테이블을 가리키며 말했다. 그 쪽에 펜도 있다고 했다.

상냥한 미소, 정중한 말투, 그런데 묘하게 강요하는 느낌이다. 그건 아마 그 여자의 시선 때문일 것이다. 계속 날 탐색하듯 쳐다본다. 더 자세히 말하면 평가하는 느낌.

복지 세미나와 맞지 않는 사람이라고 생각하는 걸까? 사람을 겉모습으로만 판단하면 안 된다고 말해주고 싶다.

펜을 잡고 차례대로 설문지에 답을 적었다. 이름과 나이, 세미나에 참가하는 이유, 세미나에 기대하는 것, 간호경험의 유무. 적당히 적어 회수박스에 넣고는 블루펜슬 스태프에게 물었다.

"죄송하지만 전에 가사하라 유키에라는 여고생이 세미나에 참가한 걸로 아는데요."

"가사하라 유키에 씨요? 죄송합니다. 저희가 이름까지는 기억하지 못해서요. 참가자 명부를 확인하면 알 수 있을 것 같은데요."

"피부가 하얗고 날씬해요. 키는 그렇게 크지 않고요."

"그 학생인가……."

스태프는 기억을 더듬는 듯 눈을 가늘게 뜨고는 중얼거렸다.

"조용하고 차분한 분위기인가요? 여기에 여고생이 참가하는 일은 거의 없기 때문에 의외라고 생각했던 적이 있어요."

"맞아요. 조용하고 차분한 분위기에요."

"기억은 납니다만, 그 학생이 왜요?"

"아주 열심히 세미나에 참석한 것 같아서 이곳 스태프로 일하지 않나 해서요."

"스태프? 블루펜슬이오?" 약간 목소리가 올라간다.

"네."

"그건 아닐 거예요. 스태프로 일한다면 모를 리가 없거든요."

"그렇군요." 실망하며 고개를 끄덕였다.

"무슨 일이죠?"

뒤에서 남자 목소리가 들렸다. 나와 대화하던 여성 스태프의 표정이 순식간에 밝아진다. 이유는 딱 하나. 그 남자의 외모 때문이었다.

상당히 훌륭하다. 20대 후반 정도일까? 키는 그렇게 크지 않지만 탄탄한 몸매에 무엇보다 깨끗한 이미지가

돋보인다. 미소 짓는 눈과 입. 중년여성들의 사랑을 한 몸에 받을 것 같다. 여자가 좋아할 미소를 쉽게 짓는 남자는 개인적으로 좋아하지 않지만, 그들이 인기 있는 건 사실이다.

"분고 씨, 이쪽 분이."

여자 스태프가 부드러운 음성으로 말했다.

분고? 블루펜슬 대표가 분고 하지메였는데. 한류 배우처럼 생긴 이 남자가 분고였구나. 이름을 듣고 중년남성이라고 생각했다. 이 남자 때문에 블루펜슬에서 일하는 여자 스태프도 많을 것 같다.

주위를 둘러보니 역시나 세미나에 참가한 중년여성들은 트레이닝복 차림이기는 해도 모두 정성껏 화장을 했고, 티셔츠는 자수나 영어가 들어가 반짝거렸다. 나름대로 신경을 쓴 모습이다.

"무슨 일인지?" 분고가 나를 보며 물었다.

"저기……."

말문이 막혀 우물거렸다. 유키에를 어떻게 설명해야 할지 난감하기도 했지만, 주위 시선 때문에 더욱 말문이 막혔다. 뭐야, 저 여자애? 누군데 분고 씨하고 개인적으로 말하는 거야? 이런 소리가 들리는 것 같다. 무언의 압력. 아줌마들의 질투.

“친구 일이라고 해요.”

방금 전 여자 스태프가 대신 대답했다.

“친구?” 분고가 날 쳐다본다.

이런 눈동자를 보고 흡인력이 있다고 하겠지.

“가사하라 유키에라는 고등학생인데요.”

조금 전 여자 스태프에게 했던 말을 반복했다.

“여고생이 세미나에 참석하는 일은 있지만, 이름까지는……”

가방에서 사진을 꺼내 보여줬다.

“기모노 차림이라 잘 모르겠는데.”

분고가 쓴웃음을 지었다.

“그렇죠? 시부야에 있는 여자애들한테 보여줬을 때도 시치고산(어린이의 성장을 축하하는 잔치로 남자는 3, 5세 여자는 3, 7세가 되는 해 11월 15일에 기모노를 입힌다—옮긴이) 같다고 놀렸어요.”

“그건 좀 심했네. 근데 유키에라는 친구가 왜?”

“실은 가출을 해서 찾고 있어요.”

“가출 중이라. 그거 걱정이겠네. 유키에라는 친구는 평소에 어떤 분위기지? 복장이나 말투라든가.”

“성실하고 착실해요. 대학에서 사회복지학과를 전공한다는 목표도 확실하고요.”

"사회복지학과? 그러고 보니 우리 세미나에 참석한 학생 중에 그런 말을 했던 사람이 있었는데. 대학교에서 사회복지학을 전공하고 싶다고."

"그게 유키에예요. 틀림없어요. 전에 유키에가 아르바이트를 한다고 해서 혹시 그게 블루펜슬의 스태프는 아닐까 해서 찾아왔어요."

분고는 난처하다는 웃음을 짓고는 말했다.

"안타깝지만 블루펜슬에는 없는데."

"그런 것 같네요."

"도움이 안 돼서 미안한걸."

"아니에요. 그냥 제가 멋대로 생각한 거니까요."

"친구를 생각하는 마음이 깊네."

"별로 그렇지도 않아요."

"이렇게 일부러 세미나까지 신청했으면서."

"그야 그렇지만."

"그래도 기왕 왔으니까 참석하고 가. 그럼 난 이만."

분고는 다시 훗 하고 웃고는 다른 스태프들에게로 걸어갔다.

일부러 시간을 내서 왔는데 그냥 돌아가는 건 아깝다. 참가해보기로 마음먹고 앉을 곳을 찾았다.

집회실 뒤는 파이프 의자가 절반을 차지했고 이미 반

이상 자리가 채워졌다. 대부분 중년이랄까, 내가 보기에
는 노년이다. 50대 이후의 여성과 연로한 부모. 날 힐끗
거리며 쳐다보다 획 하고 시선을 돌리는 사람도 있다.
싫다. 조금 전 분고와 말을 해서 화를 내는 건지, 아니면
이곳 분위기와 다른 내가 신경에 거슬리는 건지, 그것도
아니면 원래 적개심이 강한 타입인지 알 수가 없다. 나
이를 먹는다고 반드시 정신적으로 성숙한 법은 아니라
는 사실을 다시 한 번 느꼈다.

　"어느 대학이야? 아님 고등학교?"

　어디서 나타났는지 내 앞에 한 남자가 헤실헤실 웃으
며 서 있다. 대학생이겠지. 민소매 티셔츠에 반바지. 전
체적으로 각진 체형이다. 어중간한 마초기질이 있어 보
인다. 넓은 미간이 좋게 말하면 애교, 나쁘게 말하면 어
벙해 보인다. 이마에는 커다란 여드름이 한 개 났다.

　"고등학생이면 내신 때문이지? 그렇지?"

　남자가 다시 말했다.

　우리 학교는 그렇지 않지만, 봉사활동에 참가하거나
이런 세미나에 출석하면 내신에 가산점을 주는 학교도
있다. 설사 그렇다고 하더라도 점수 때문에 오고 싶지도
않은 세미나에 나오는 건 싫다. 궁색한 기분이 드니까.

　"아뇨." 간단히 대답하고 앞을 봤다.

“아냐? 몇 살인데?”

무시.

“에이, 왜 말을 씹고 그래. 잘 지내보자. 여긴 노인네들뿐이라 정말 따분하다고. 이참에 네가 나타나서 얼마나 반가웠는데. 난 시노자키, 대학교 1학년. 넌?”

“말하고 싶지 않아요.”

“우와, 무서워라! 그래도 재미있는걸!”

난 하나도 재미없어.

“우리 학교는 학교 밖에서 들은 세미나로 학점을 받는 수업이 있어. 진짜 좋은 시스템이지?”

더 이상 짜증나서 듣고 싶지 않다. 오로지 이 남자한테 떨어지고 싶다는 생각으로 걸었다.

“여기 앉아요.”

휠체어를 탄 할머니가 말을 걸었다. 옆에 있는 의자를 눈으로 가리키고 있다.

“네? 아, 네.”

생각지도 않은 다정한 음성에 허둥지둥 앉았다.

시노자키가 아깝다는 표정으로 쳐다봤지만, 포기했는지 앞쪽에 있는 의자에 앉았다.

“비가 그쳐서 다행이지.”

“네에.”

“스기나미 쪽은 큰일 난 것 같던데.”

“그러게요.”

“혼자 왔나?” 할머니는 부드럽게 미소 지으며 물었다.

“네.”

“나도 혼자라우.”

“그러세요?”

“응.” 또다시 미소.

항상 연애 중인 엄마와 둘이서 살았다. 외할머니와 외할아버지는 이미 돌아가셨고, 후쿠오카에 사는 친할머니, 친할아버지는 거의 만날 기회가 없다. 그래서 난 노인에게 익숙하지 않다. 어떻게 상대하면 좋을지 모르겠다. 모든 걸 받아준다는 식의 웃음을 지으면 어떤 표정을 지어야 할지 몰라 가슴이 답답해진다.

유키에는 아니겠지. 할아버지와 함께 살기 때문에 노인을 대할 때 당황스럽지는 않을 것이다.

“드문 일이지.” 할머니가 말했다.

“네?”

날 두고 하는 말인가? 맞다고 동의하려는데 할머니가 다른 말을 한다.

“나 같은 할머니가 혼자서 참가하는 경우는 드물고말고……”

난 또, 그런 뜻이었구나.

"주위를 봐."

할머니 말대로 주위를 둘러보니 혼자서 참가한 사람은 보이지 않았다. 그것도 휠체어를 탄 할머니가.

"간호를 받는 사람도 마음가짐이랄까, 매너가 필요하거든. 그래서 참가하고 있지." 할머니가 말했다.

"그렇군요."

"학생은?"

"네?"

"고등학생? 아니면 대학생?"

신청서에는 스무 살로 썼지만, 할머니에게까지 거짓말을 하고 싶지 않았다. 솔직하게 고등학교 2학년이라고 대답했다.

"아, 고등학생이로군."

말이 끊기고 침묵이 흐르는 게 싫어서 접수할 때 받은 책자를 폈다.

'음악치료'에 대해. 음악치료는 병원이나 양로원에서 자폐증, 다운증후군 그리고 치매를 치료하는 데 사용하고 있습니다. 스트레스 해소와 진정효과가 있으면서 신체기능 회복에도 도움이 됩니다. 처음에는 박수부터 시작해서 손을 잡거나 펼치기도 하고, 발을

구르는 등의 리듬감을 키우면서 신체기능의 회복을 꾀합니다. 또한 기악연주는 노인들의 고독감이나 고립감을 막아주기도 합니다. 그리고 복식호흡으로 하는 발성연습도 중요한데…….

"아, 시작하나보네."

할머니 말에 책자에서 눈을 들었다. 마이크를 손에 든 분고가 앞에 서 있다.

"여러분, 안녕하세요!"

"안녕하세요!"

밝고 활기찬 인사에 사람들이 조금 갈라졌지만 유쾌한 목소리로 응대한다.

"블루펜슬 대표를 맡고 있는 분고입니다. 바쁘신데 이렇게 세미나에 참석해주셔서 감사합니다."

분고가 고개를 숙였다.

주위 여자들도 고개를 깊이 숙인다.

"오늘은 음악을 통해 교류를 하며 즐거운 시간을 보내겠습니다. 오늘 세미나를 계기로 댁에서도 고령자 여러분과 가족 분들이 음악과 더불어 즐겁게 생활하시기 바랍니다. 그럼 음악치료 선생님을 소개하겠습니다."

중년 여성이 조용히 걸어 나와 인사를 했다.

"자, 그럼 시작하겠습니다!"

강사는 간단한 자기소개를 하고 힘차게 CD 플레이어 버튼을 눌렀다.

안녕하세요 안녕하세요 서쪽 나라에서
안녕하세요 안녕하세요 동쪽 나라에서
안녕하세요 안녕하세요 온 세상에서
안녕하세요 안녕하세요 벚꽃 나라에서
1970년 안녕하세요
안녕하세요 안녕하세요 악수합시다

노래가 나온다.
"자, 여러분도 함께 불러주세요!"
치료사의 말에 참가자들이 모두 노래를 따라 부른다. 옆에 앉은 할머니도 즐겁게 노래를 불렀다.
1970년 안녕하세요라니, 왜 그런 옛날 노래를 2007년에 불러야 하냔 말이다.
음악치료도 좋지만, 노인들이 좋아하는 노래는 이거라고 단정 짓는 것 같아 마음에 들지 않는다. 재즈나 샹송을 좋아하는 사람도 있을 텐데.
"이 노래 모르니?"
내가 뾰로통해서 앉아 있으니 옆에 있던 할머니가 말

을 걸었다.

"아는데요, 부를 마음이 나지 않아요."

솔직하게 대답하자 할머니는 살짝 웃었다.

"왜 촌스러워서?"

차마 그렇다는 말은 할 수 없어서 그냥 가만히 있었다.

"그래도 어쩔 수 없지. 모두가 아는 노래를 뽑으면 이런 노래밖에 없으니까. 나머지는 동요 정도일까? 젊은 사람들은 따분하겠지만."

조금 알겠다는 표정으로 고개를 끄덕였을 때 CD 플레이어에서 '주먹 쥐고'가 흘러나왔다. 아무리 대표적인 음악이라고 해도 노인을 아이 취급하는 것은 이해할 수 없다.

"그렇게 따분한 표정을 지으면 쓰나."

할머니의 말을 듣고 목을 움츠렸다.

"얼굴만이라도 생글생글 웃어. 그래야 강사한테 잔소리를 듣지 않을 테니까."

할머니 말대로 하기는 했지만, 여전히 마음은 편치 않다. 음악에 맞춰 주먹을 쥐고 펼치는 참가자들. 정말로 즐거울까? 손발 운동이 뇌를 활성화시킨다고 굳게 믿고 있는 걸까?

"학생도 사회복지학과에 갈 생각인가?"

“네?”

“아이고, 틀렸나 보네. 실례.”

할머니는 살짝 혀를 내밀고 열심히 주먹을 쥐었다 펼쳤다.

“그건 왜요?”

할머니 얼굴에 내 얼굴을 들이대며 물었다. 내 기세에 놀랐는지 할머니는 휠체어 뒤로 몸을 젖히며 애매하게 말을 흐린다.

“그냥 그런 느낌이 들어서…….”

“왜 그냥 그런 느낌이 들었는데요?”

집요하게 물었다.

“왜라고 하면, 글쎄…….”

“그런 사람이 있지 않았어요? 사회복지학과를 가겠다던 고등학생이.”

“맞아. 그런 학생을 본 적이 있지.”

“정말요?”

“그럼.”

‘주먹 쥐고’가 끝났다. 자화자찬의 박수가 일고 할머니와의 대화가 끊겼다

“다음은 기악연주를 해봐요!”

강사가 즐거운 목소리로 분위기를 이끈다. 집회실 구

석에 둔 커다란 천 가방에서 종, 캐스터네츠, 핸드벨을
꺼냈다.

"좋아하는 악기를 골라야 하니까 다들 나오세요."

참가자들이 줄줄이 악기를 고르러 나갔지만, 난 개의
치 않고 할머니에게 말을 걸었다.

"사회복지학과를 지원한다던 그 고등학생이 제 친구
인지도 몰라요. 제가 그 친구를 찾고 있거든요."

"아니, 그건 왜?"

그때 강사가 발돋움을 해 할머니와 내 쪽을 바라봤다.

"저 뒤에 두 분, 무슨 일 있어요?"

"아무 일도 아니에요. 좀 피곤해서 그러는데 밖에서
잠깐 쉬었다 와도 되겠어요?" 할머니가 물었다.

"여기 있는 학생이 함께 가준다고 하는데."

쳐다보는 강사에게 미소를 띄우며 고개를 끄덕였다.

"자, 나가지. 휠체어 좀 밀어줘."

할머니가 시키는 대로 휠체어를 밀고 밖으로 나왔다.

"1층 로비에 자판기가 있어."

엘리베이터를 타고 1층으로 내려와 자동판매기에서
커피를 뽑았다.

"죄송해요. 저 때문에 중간에 나오시고."

의자에 앉아 내가 사과하자, 괜찮다며 손사래를 친다.

"악기연주는 배우지 않아도 돼. 이래 봬도 내가 젊었을 때는 아이들한테 피아노를 가르쳤으니까."

"피아노 선생님이셨어요?"

"응." 생긋 웃고는 진지한 얼굴로 물었다. "그런데 친구를 찾는다니?"

유키에의 행방이 묘연해진 이후로 몇 번이고 같은 말을 했다. 이제 말하는 순서에도 요령이 생겨 더 쉽게 이야기를 전달할 수 있다.

두 손을 무릎 위에 단정하게 포갠 할머니는 한 마디도 자르지 않고 들었다. 눈에는 지적인 광채가 돌며 양 볼에 힘이 들어갔다. 매우 젊어 보인다. 할머니에게는 '주먹 쥐고'를 부를 때보다 유키에 이야기를 듣는 편이 젊음을 유지하는 데 도움이 되는 것 같다.

오늘 세미나는 유키에가 블루펜슬에서 아르바이트를 하고 있을 지도 모른다고 생각해 참가했다고 말했다. 유키에의 사진을 할머니께 건네주었다. 기모노를 입은 사진이다. 이 사진으로는 정확한 판단이 힘들다. 어서 빨리 유키에의 평상시 모습이 담긴 사진을 구해야겠다고 생각했다.

할머니는 한참 사진을 들여다봤다.

"이 학생을 만난 건 벌써 반년이나 지나서 잘 모르겠

지만……. 아마도 이 사진 속의 유키에라는 사람이 맞는 것 같네. 얼굴도 이런 느낌이었고, 대학에서 사회복지학과를 전공하고 싶다고 했어. 차분하고 조용해 보이는 분위기의 아주 참한 여학생이었지.”

“맞아요, 맞아요.”

기쁜 나머지 나도 모르게 맞장구를 쳤다.

“그런 손녀가 있으면 좋겠다고 생각했으니까.”

“그러셨군요.”

고개를 끄덕이던 할머니는 날 바라보더니 뭔가 탐색하는 듯 의심스러운 시선을 던졌다.

“왜 그러세요?”

“학생은 친구한테서 아르바이트에 대해 못 들었나?”

그렇다면 이 할머니는 유키에한테 아르바이트에 대한 이야기를 들었다는 소리다.

“유키에가 어떤 일을 했는지 아세요?”

“음, 뭐.” 할머니는 잠시 생각에 잠겼다.

기다리자. 분명히 말해줄 것이다. 참고 기다리자. 하지만 기다리는 시간이 생각했던 것보다 길다.

“조금 전에도 말했지? 그런 손녀가 있으면 했다고.”

드디어 입을 열었다.

“네.”

"그래서 그 말을 했지. 유키에 학생한테 학생 같은 손녀가 있으면 좋겠다고. 그랬더니."

또 다시 침묵. 정말 인내심의 한계를 느낀다. 할머니와 나 사이에 흐르는 시간의 단위가 다른지, 아니면 속도가 다른지는 모르겠지만 아무튼 뭔가가 결정적으로 다르다.

"유키에 학생이 손녀가 되어주겠다고 했어."

손녀처럼 할머니를 대하겠다는 뜻일까? 이해는 간다. 나도 이런 분과 만난다면 손녀 같은 기분이 들 테니까.

"최하 4시간부터 의뢰가 가능하다고 했어."

"네?"

"그러니까 내 손녀 역할을 하는 데 최하 4시간부터 의뢰가 가능하다는 말이지."

"시간제라는 말인가요?"

"아마 4시간에 2만 엔이었지? 연장할 때마다 시간당으로 계산하고 희망하는 손녀의 분위기를 말하면 원하는 대로 해준다고 했어."

"네?"

"그런 서비스가 있다고 하대. '대리손자' 라고 한다고 했던가? 그게 유키에 학생이 하는 아르바이트였어."

"손자 노릇을 해주면서 돈을 받는다고요?"

"아르바이트니까 돈을 받는 건 당연하지."

"그야 그렇지만."

유키에답지 않다. 인간관계를 돈으로 바꾸는 성격 같지는 않았는데……. 하지만 절대 아니라고 단언할 만큼 유키에를 모른다.

"그래서 어떻게 하셨어요?" 우선 물어보기로 했다.

"야무지구나 생각했지. 지금까지는 굉장히 참한 아이구나, 손녀라면 딱 좋겠다 싶었는데, 의외로 똑 부러지는 성격이다 싶었어."

"그러셨겠네요."

"그렇다고 기분 나쁘지는 않았어. 생각해보면 돈을 내고 손녀를 잠깐 얻는 게 뒤탈도 없고 깔끔하다 싶었고. 욕심을 숨기고 동정이나 연민으로 가장해서 접근하는 것보다야 훨씬 나으니까."

난 고개를 끄덕였다. 할머니는 말을 이었다.

"단지, 난 돈까지 내면서 누군가에게 손자 역할을 부탁하고 싶지는 않았어. 버릇은 없지만 엄연히 친손자가 있고. 그래서 부탁할 마음은 없었지. 그런데 내 친구 중에 아들이 이혼하는 바람에 손녀를 볼 수 없는 친구가 있어. 애가 며느리와 살고 있거든. 헤어진 며느리가 보내주는 사진이나 편지로밖에 소식을 알 수가 없지. 만나

면 늘 손녀가 보고 싶다고 노래를 해. 그래서 그 친구한 테 '대리손자'라는 서비스가 있다고 말해줬어. 연락처도 함께."

"그래서요?"

"글쎄. 만날 기회가 없어서 뒷일은 듣지 못했네. 자꾸 권하면 귀찮아할 것도 같고. 만약에 서비스를 받았다면 그쪽에서 먼저 연락이 오겠거니 했지."

유키에의 실종은 그 아르바이트와 연관됐을 거라는 예감이 들었다.

"여쭤봐 주시겠어요?" 힘주어 말했다.

"물어보라고?"

"부탁드려요."

"지금?"

"가능하면 지금요."

휴대전화를 꺼내 건넸다.

"난 휴대전화 같은 건 써본 적이 없어서."

이상한 데서 뒷걸음을 친다.

"전화번호만 말씀해주시면 제가 걸게요."

전화기를 다시 받아 번호 누를 준비를 했다.

"아 잠깐만, 어디 있더라."

할머니는 가방 속에서 수첩을 꺼내 한 장씩 넘겼다.

느리다, 느려, 왜 이렇게 느린 거야, 빨리빨리! 난 '대
리손자' 아르바이트는 절대 못 할 것 같다.

"여기 있네! 이거야, 이거."

천천히 불러주는 전화번호를 하나씩 눌렀다. 연결음
이 들렸을 때 할머니에게 전화기를 건넸다.

"여보세요, 스즈키 씨? 나 구사부에인데, 잘 지냈수?"

할머니 이름은 구사부에인가 보다.

먼저 인사말을 주고받은 뒤 예상한 대로 날씨가 어떻
다는 둥, 오랜만이라는 둥, 잘 지냈냐는 둥, 두 사람의
말이 계속해서 이어졌다.

"아니, 그런 일이 있었어? 몸은 괜찮고? 그야 그렇
지. 당연히 놀라지 왜 안 놀라겠어. 그래도 몸이 다치지
않은 것만 해도 얼마나 다행이야. 정말 무서운 세상이
네. 난 아무것도 몰랐네 그래."

한창 대화가 무르익는다. 연락을 하지 않은 사이에 큰
사건이 있었나 보다. 그래도 그건 나중에 얘기하고 용건
이나 빨리 말했으면 싶다.

내가 쳐다보는 것을 느꼈는지 할머니는 드디어 본론
에 들어갔다.

"그런데 말이야. 기억하려나? 왜 지난번에 내가 소개
한 적 있었지? '대리손자'라는 서비스가 있는데, 아주 괜

찮은 여학생이 있다고. 응, 그래 그거. 응응, 아, 그랬어?”

맞장구를 치면서 날 향해 검지와 엄지로 동그라미를 만들어 보인다. 유키에와 관련된 실마리를 잡은 것 같다.

“'대리손자'를 의뢰했대.”

할머니는 전화기를 막고 살짝 말해줬다.

“복잡한 사정은 나중에 다시 말하고, 지금 옆에 '대리손자'를 했던 학생 친구가 있어. 대리손자를 했던 학생 이름이 유키에라는 것 같은데, 지금 그 학생을 찾는다고 하네. 행방이 묘연하다고 해서 당신한테 전화한 거야. 뭔가 아는 사실이 없나 해서. 내 지금 그 학생 친구를 바꿔줄 테니 아는 게 있으면 말 좀 해줘.”

할머니가 날 보며 고개를 작게 끄덕인다.

“괜찮지? 그럼 바꿔줄게.”

전화를 건네받은 난 최대한 격식을 차려 인사했다.

“갑작스럽게 전화 드려서 죄송합니다. 미우라 나기라고 합니다. 유키에와 같은 학교에 다니고 있어요.”

“아, 아하.”

스즈키라는 할머니는 당황해하는 기색이 역력하다.

“유키에에 대해 여쭙고 싶은데요.”

“아, 그래요.”

“댁을 찾아뵈어도 괜찮을까요?”

"우리 집을?"

"집 주소를 가르쳐주시면."

그때 구사부에 할머니가 내 무릎을 쳤다.

"스즈키 씨 집이라면 내가 알아. 내가 가르쳐줄게."

"구사부에 할머님께서 가르쳐주신다고 해요. 지금 찾아뵈어도 될까요?"

"지금 바로? 아이고, 집도 지저분하고 대접할 것도 없는데. 게다가 내가 무슨 도움이 된다고."

불편해하는 것 같다. 하지만 여기서 단념할 수는 없다. 전화로 어정쩡하게 대화를 하느니 얼굴을 마주보고 하는 게 훨씬 낫다. 그래서 무리한 부탁인 줄 알면서도 가려는 것이다. 만약을 위해 내 휴대전화 번호를 말한 뒤 지금 간다고 말했다.

"여기서 30분도 걸리지 않을 거야."

구사부에 할머니가 말했다. 나는 수첩을 열어 스즈키 할머니 집 약도를 부탁했다. 구사부에 할머니는 볼펜을 잡은 채 옆으로 시선을 떨어뜨리더니 잠시 생각에 잠긴다. 드디어 약도를 그리나 했더니 약도가 아니라 메모를 적었다. 버스 정류장 이름과 '전통과자가게를 끼고 골목을 들어가 두 번째 집'이라고만 적은 간단한 메모.

이 메모만 갖고 제대로 찾을 수 있을까 불안했지만 달

리 방법이 없다.

"그럼 난 돌아가서 안녕하세요, 안녕하세요나 불러야
겠어."

구사부에 할머니를 집회실까지 모셔다 드리고 바로
스즈키 할머니께 가려 했지만 휴대전화의 배터리 잔량
이 얼마 없었다. 요즘에는 금방 배터리가 닳는다. 아무
래도 새로 장만해야 할 것 같다. 배터리가 간당간당한
휴대전화만큼 불안한 것도 없다. 충전기는 집에 있는데,
어쩌지?

좀 뻔뻔하기는 하지만 1층 사무실에 가서 물어봤다.

"죄송한데요, 혹시 여기서 휴대전화 충전 좀 할 수 있
을까요?"

"충전기가 있기는 한데 기종이 뭐죠?"

창구에 있는 여자에게 대답했다.

"그럼 괜찮겠네요. 이리 줘 봐요."

전화를 맡겼다.

"아, 되네요. 충전해드릴 테니 조금만 기다려요."

"감사합니다."

로비에 있는 소파에서 충전이 다 될 때까지 기다리기
로 했다. 게시판에는 다양한 서클의 회원 모집 포스터가
붙어 있다. 종이공예, 꽃꽂이교실, 컴퓨터교실, 바둑, 훌

라댄스. 평상시 구민센터와 인연이 없는 생활을 하기 때문에 모든 게 신선하게만 느껴진다.

"어? 여기서 뭐해?"

남자 목소리가 들려 뒤를 돌아보니, 블루펜슬 대표 분고가 미소를 지으며 계단을 내려오고 있다. 아름다운 미소다.

"세미나는 아직 끝나지 않았는데."

반 농담처럼 책망하는 표정을 지어도 불쾌하지 않다.

"갑자기 급한 일이 생겨서요."

그러면서 소파에 앉아 있으니 이상하게 생각할 것 같아서 덧붙여 말했다.

"갑자기 일이 생겨 세미나 도중에 나왔는데, 휴대전화 배터리가 없어서 지금 충전 중이에요."

"아, 그런데 가사하라 유키에라고 했나? 친구 일은 어떻게 됐지?"

그래도 마음에 담아둔 모양이다.

"세미나에 참가했던 구사부에 할머니가 유키에를 알고 계셨어요. 유키에가 했다는 아르바이트에 대해서도 가르쳐줬거든요. 그게 실마리가 될지도 모르겠어요."

"구사부에 할머님이라면 휠체어를 타신?"

"네."

“그 할머님이라면 알 수 있겠군. 우리 세미나 단골이고 사교적인 성격이라서 다른 참가자들하고도 말씀을 잘 하셔.”

“정말 다행이었어요.”

“잘 됐군. 나도 나중에 스태프들한테 물어볼게. 새로운 사실을 알게 되면 연락하지. 연락처는 명부를 보면 알 수 있겠지?”

난 고개를 끄덕였다.

“시간이 있으면 다시 우리 세미나에 참가해줘. 젊은 사람은 대환영이니까.”

분고는 상냥하게 말하고는 사무실로 들어가더니 바로 나왔다. 손에는 마이크로폰을 들고 있다.

“상태가 이상해져서.”

굳이 내게 말할 필요도 없는데. 뭐라고 대답하면 좋을지 몰라 고개만 끄덕였다. 내가 생각해도 참 건방진 것 같아 쓴웃음만 나온다. 분고는 다시 미소를 짓고 계단을 올라갔다.

충전이 다 된 휴대전화를 들고 구민센터에서 나오자 날 부르는 목소리가 들렸다.

“벌써 가?”

시노자키다. 내 뒤를 쫓아 달려온 모양이다.

"왜요?"

"나도 따분해서 중간에 빠져나왔어. 날도 더운데 어디서 시원한 음료수나 마실까?"

"바빠요." 난 이 말만 하고 부지런히 걸음을 옮겼다.

"어디를 가는데?"

"그쪽하고 상관없잖아요."

"그쪽이 뭐야. 조금 전에도 말했지만 난 시노자키야."

"시노자키 씨, 학점 따려고 세미나에 왔으면 끝까지 있어야지, 이게 뭐예요?"

"오, 날 걱정해주는 거야?"

"아뇨. 따라오지 말라는 말이에요. 귀찮으니까."

"이야, 너무 매정한걸! 근데 난 마조히즘 기질이 있어서 그런지 그렇게 매몰차게 말하는 게 좋더라."

기가 막혀.

"그리고 내일 또 다른 세미나에 갈 예정이라 오늘은 중간에 빠져도 상관없어."

"내일도?"

"열심이지?"

"학점 욕심이 많은가 봐요."

"뭐, 그렇지. 그러니까 오늘은 한가하단 말씀. 차나 마시러 가자."

“바빠서 그럴 시간 없어요.” 딱 부러지게 말했다.

“그럼 일 마치고 나중에 만나. 신주쿠에서.”

“싫어요.”

“5시까지 역 안에 있는 T커피숍에 있을게.”

“마음대로 해요.”

“친구 찾는다며? 조금 전 접수처에서 하는 말 다 들었어.”

“그래서요?”

“내가 도와줄까 해서. 난 전에도 블루펜슬 세미나에 나간 적이 있거든.”

“뭐 아는 거 있어요?”

시노자키는 실실 웃기만 할 뿐이다.

“알면 가르쳐줘요.”

“가르쳐줄까?”

“유키에를 만났어요?”

“유키에? 그 친구 이름이 유키에야?”

“유키에를 알아요?”

“있다가 신주쿠에서 봐.”

시노자키는 내 말에는 대답하지 않고 자기 할 말만 한 채 달려갔다.

뒤쫓고 싶은 충동이 생겼지만 관두기로 했다. 저런 남

자를 뒤쫓기도 싫었고 지금은 스즈키 할머니 집에 가는
게 우선이다.

걱정했던 만큼 헤매지 않고 스즈키 할머니 집에 도착
했다. '전통과자가게를 돌아 두 번째 집'은 아주 정확한
설명이었다.

오래됐지만 탄탄한 2층집이다. 현관 옆의 커다란 정
원수에서 매미가 운다. 인터폰에 대고 구사부에 할머님
소개로 왔다고 하자 바로 문이 열렸다. 백발의 할머니가
얼굴을 내밀었다.

"아이고, 더운데 어서 와."

스즈키 할머니가 고개를 숙였다. 고개를 숙여야 할 사
람은 나인데 죄송한 마음이 들었다. 하지만 태도나 표정
에 미안해하는 감정이 나타나지 않고, 어떻게 표현해야
할지 모르는 것이 나의 문제점이다.

어서 올라오라는 말에 거실로 들어섰다. 거실 소파에
앉자 스즈키 할머니가 보리차를 내왔다. 갈증이 났던 참
이라 단숨에 들이켰다. 할머니는 조금 기쁜 표정으로 부
엌에서 큰 물병을 들고 나와 보리차를 다시 따라줬다.

"감사합니다."

"아휴, 뭘."

테이블 위에 물병을 놓았다.

"아무튼 구사부에 씨는 젊은 사람들을 친구로 만드는 재주가 있다니까."

"그래요?"

"그럼, 학생하고도 오늘 처음 만났지?"

"네."

"그런데도 이 얘기 저 얘기 하면서 우리 집까지 오게 끔 했으니 얼마나 대단해."

듣고 보니 그도 그렇다. 확실히 그 연령대의 행동 패턴은 좀더 느긋하다. 구사부에 할머니가 느리다며 답답해했던 자신을 반성하고 다시 한 번 감사하다는 생각을 했다.

"'대리손자'를 했던 학생도 구사부에 씨가 세미나에서 알았다고 했거든."

"그 '대리손자'에 대한 건데요." 사진을 테이블에 놓으며 말했다. "이 학생인가요?"

"어머나, 기모노를 입었네! 예쁘기도 하지."

눈을 가늘게 뜨고 사진을 본다.

"우리 집에 왔을 때와는 느낌이 많이 다르지만 이 학생이 틀림없어. 이름이 유키에라고? 이름도 예쁘네."

"할머니 댁에 왔을 때는 다른 이름이었나요?"

"우리 손녀 이름이 하나여서 그렇게 불렀어."

"하나 양은 고등학교 2학년인가요? 유키에처럼 차분
한 분위기예요?"

스즈키 할머니가 훗 하고 웃었다.

"둘 다 아니야. 하나는 중학교 2학년이지. 차분한 성
격이었으면 그 애 엄마도 얼마나 마음이 놓이겠어."

"그래요?"

"지금은 후쿠오카에 살아서 늘 편지로 소식을 듣고
있어. 이혼한 뒤로도 하나 소식을 알려주니까 그게 어딘
가 싶지. 며느리가 참 착해. 이혼한 것도 아마 아들 때문
일 게야. 그래서 앞으로도 손녀하고 며느리가 사는 데
내 힘이 닿는 한 도와주려고해. 아이고, 내 정신 좀 봐.
이야기가 다른 쪽으로 샜네. 편지에는 하나가 주니어 잡
지인지 뭔지, 왜 여자애들이 보는 패션 잡지 있지? 거기
에 독자 모델로 뽑혀서 잔뜩 바람이 들어간 모양이야.
공부는 뒷전이고."

"독자 모델이요?"

나도 모르게 몸을 앞으로 바싹 당겼다.

"본인은 꽤 열심인 모양이야. 살이 찔까봐 곡류는 먹
지 않고, 틈만 나면 거울 앞에서 포즈 연습을 한다고 제
엄마가 편지에다 푸념을 했거든."

"그 일을 유키에도 알고 있었나요? 손녀 분이 독자

모델에 뽑힌 사실을요."

"그야 물론이지. 서비스를 의뢰할 때 어떤 분위기의 손자를 원하는지 쓰는 용지가 따로 있어. 나이, 성별 외에도 어떤 스포츠를 좋아한다든가, 피아노를 친다든가, 독서를 좋아한다든가 그런 거. 그렇다고 꼭 자기 손자에 대해 쓰지 않아도 돼. 서비스를 의뢰하는 사람들 중에는 손자가 없는 사람도 있으니까."

"그럼 그 용지에 독자 모델이라고 쓰셨어요?"

"그렇지. 독자 모델로 뽑혀 열심히 몸을 가꾸고 화장이나 옷에도 흥미가 있다고. 난 하나와 함께 있는 기분을 느끼고 싶었거든."

"그래서 유키에는 어땠어요?"

"외모야 우리 하나와는 전혀 달랐지. 그야 어쩌겠누. 그래도 모델 일에 흥미를 갖고 화장하는 법도 꽤 알아본 모양이야. 나한테 지금 유행하는 마스카라를 보여주기도 했으니까."

"마스카라요?"

"보라색인데 색깔이 어찌나 곱던지."

이거다.

유키에가 미리의 블로그에 접근한 건 이 때문이었다.

모델로 성공하려는 미리는 워킹 교실을 다니며 포즈

를 공부하고 식생활에도 신경을 쓴다. 일상생활의 모든 면에서 조금이라도 아름다워지려고 노력하는 미리의 생활방식을 유키에는 참고할 생각이었던 것이다. 스노위라는 닉네임으로 질문을 한 것은 이 때문이다. 마스카라도 미리의 블로그를 통해 알았겠지.

유키에는 모델을 동경한 게 아니라 독자 모델이 되어 들뜬 하나라는 여자아이를 제대로 연기하려고 했던 것이다. 기호코와 추측했던 배우도 그렇게 틀린 것만은 아니었다.

"유키에가 와줘서 참 즐거웠어."

"그게 언제쯤이었어요?"

"봄이야. 아마 3월 말쯤이었지? 핑크색 튤립 화분을 가져와서 한동안 현관에 두었지."

할머니가 눈으로 가리킨 베란다에 튤립은 이미 없어졌고 스페인 민예품 같은 화려한 색조의 화분만 있다.

3월 말이라고 하면 봄방학 때다. 그리고 지금은 여름방학. 유키에는 방학 때마다 아르바이트를 하는 걸까?

"유키에의 행방을 모른다고 하던데, 무슨 소리야?"

지금까지 경위를 요약해서 말했다. 구민센터에서 구사부에 할머니를 만나 '대리손자' 서비스를 알게 됐고, 유키에가 지금도 누군가의 손녀 노릇을 할 가능성이 있

다는 점까지. 만약 그렇다면 유키에가 엄마에게 사실을 말하지 않고 메모만 남기고 나간 것도 이해가 간다. 집에 할아버지가 있는데 차마 다른 집의 손녀 노릇을 하며 돈을 받는다고는 말할 수 없었을 테니까. 그렇다고 거짓말로 둘러대기도 귀찮아서 그냥 캠프에 참가한 걸로 생각하라는 메모를 남긴 것이 아닐까?

"충분히 있을 수 있는 일이네. 게다가 여름방학이니까. 나도 가능하다면 손녀와 함께 일주일쯤 여행을 가고 싶어."

"아무리 그래도 연락 정도는 할 수 있잖아요."

내가 불평하듯 말하자 스즈키 할머니는 고개를 갸웃거리더니 말을 이었다.

"유키에 입장에서는 메모도 남겼고, 어차피 일주일 뒤면 돌아올 거라 생각해서 대수롭지 않게 여겼을 수도 있지. 나기 학생이나 부모님이 이렇게 걱정하는 줄도 모르고."

"휴대전화로 몇 번이고 메일을 보냈는데도 답장이 없어요."

"휴대전화를 사용할 수 없는 곳이거나 '대리손자' 일을 너무 열심히 하는 바람에 답장을 못 했을 수도 있지."

"그럴지도 모르겠네요."

유키에는 대체 무슨 생각일까? 누군가의 손녀 노릇을 해서 어쩌겠다는 걸까? 자기 할아버지와 잘 지내보겠다는 생각은 안 했을까?

"그런데 '대리손자' 의뢰는 어떻게 하셨어요?"

"구사부에 씨가 가르쳐준 유키에의 휴대전화로 전화를 걸었어. 그래서 우리 집 전화번호를 가르쳐줬더니 얼마 있다 웬 남자한테서 전화가 왔더라고."

"남자요?"

"'대리손자' 서비스 책임자라면서 스즈키라고 했어. 나하고 성이 같아서 기억하고 있지. 그 사람한테 설명을 듣고 괜찮을 것 같아서 의뢰를 부탁했어. 며칠 뒤에 우편으로 희망일시와 어떤 손자를 원하는지 기입하는 신청용지가 와서 다 쓴 다음에 반송을 했고."

"어디로 반송을 했어요?"

"에구, 기억이 안 나네. 반송용 봉투가 있어서 그냥 넣고 보냈거든. 무슨 우체국 사서함이었던 것 같기는 한데, 어디였더라?"

"그럼 전화를 건 스즈키라는 남자하고는 만나지 않으셨네요?"

"그렇지. 직접 만나서 상담을 하자고 했으면 만났을지도 모르지만, 그렇게까지 무슨 물건 주문하듯 손자를

정하고 싶지 않았거든. 어느 정도 자유롭게 두는 편이 갑자기 손자가 온 것처럼 기쁠 테니까. 구사부에 씨 소개라서 마음을 놓은 점도 있고."

경계심이 너무 없다. 이래서 나이 드신 분들이 전화사기에 잘 걸린다. 걱정이 되지만, 내가 이렇게 스즈키 할머니를 만날 수 있는 것도 경계심이 없어서 가능했는지도 모른다.

"이거 미안해서 어째. 이럴 줄 알았으면 주소를 적어둘 것을."

"아니에요. 할머니 말씀 도움이 많이 됐어요."

고개를 숙여 인사하고 현관 쪽으로 발걸음을 옮겼다.

"같이 나가. 살 것도 있고. 조금만 기다려."

나를 불러 세운 스즈키 할머니는 바로 2층으로 올라갔다. 달그락거리는 소리. 잠시 뒤 계단을 내려온 할머니는 안쪽에 있는 방문을 잠그고 거실로 오더니 조명기구 옆에 있는 다른 스위치를 켰다. 내가 쳐다보는 걸 알았는지 겸연쩍게 웃으며 설명했다.

"아, 이거? 도둑방지용이야. 현관 옆하고 정원에 센서가 있어서 설정해 놓은 시간보다 사람이 오래 있으면 개 짖는 소리를 내."

경계심이 없다고 생각했는데 방범에는 신경을 쓰는

것 같다. 내심 놀라 할머니를 쳐다봤다.

"요즘 하도 세상이 무서워서."

"맞아요."

"가스, 오케이. 1층, 2층, 문단속 오케이. 센서, 오케이." 손가락으로 가리키며 확인을 한다.

"이제 다 됐네. 나가지."

마지막으로 현관문이 잠긴 걸 확인하고는 양산을 쓰고 걷기 시작했다.

"저녁때가 다 되어가는 데도 덥네."

스즈키 할머니는 그렇게 말하며 양산을 내 쪽으로 기울여줬다. 하지만 할머니가 나보다 훨씬 키가 작아 그늘로 들어가기 위해선 몸을 굽혀야 했다. 그냥 우산이라면 내가 들면 되지만, 양산을 드는 건 어쩐지 창피하다.

"모자를 써서 괜찮아요."

양산은 필요 없다는 뜻으로 말했다.

"아휴, 키가 크네."

"그런가요?"

"죽은 우리 영감보다 더 큰 것 같아."

"네에." 달리 대꾸할 말이 없다.

무슨 말을 하면 좋을지 몰라 거북하다.

전통과자가게 앞을 지날 때 스즈키 할머니는 웃는 얼

굴로 가볍게 인사를 했다. 머리를 숙이는 것과 동시에 양산이 비스듬히 기울어져 나도 강제적으로 인사를 해야만 했다. 과자가게 아줌마가 웃으며 쳐다봤다.

이제 곧 버스정류장이다.

"그럼 이만 가볼게요. 오늘 정말 고마웠습니다."

인사를 하고 돌아설 생각이었는데, 양산을 내 쪽으로 기울이면서 스즈키 할머니가 내 옆에 섰다. 버스가 올 때까지 기다린다며.

난처하다.

이렇게 뜨거운 햇볕을 받으며 함께 버스를 기다릴 필요도 없거니와, 혹시라도 스즈키 할머니가 일사병으로 쓰러질까봐 마음이 조급해졌다. 그런데도 할머니는 묘하게 고집스러운 얼굴로 옆에 서 있다.

우리 앞으로 오토바이가 지나갔다. 배기가스 냄새로 스즈키 할머니가 얼굴을 찡그린다. 이런 일조차 죄송스러워 어찌할 바를 모르겠다.

버스야, 제발 빨리 와라. 그런데 정말로 다행스럽게 버스가 바로 왔다.

"그럼."

그제야 안심하며 말하자, 스즈키 할머니는 무슨 생각을 했는지 나보다 먼저 버스에 올라 요금박스에 동전을

넣었다.

"이 학생 차비예요."

운전기사에게 말하고는 경쾌하게 버스에서 내려온다. 스즈키 할머니의 행동에 놀라고 당황해 뭐라고 하면 좋을지 몰라 우물쭈물하고 있는데 운전기사의 시선이 느껴졌다. 빨리 올라타라는 눈치다. 뒤돌아 스즈키 할머니를 보자 활짝 웃으며 손을 흔들고 있다.

"감사합니다."

이 말만 하고 버스에 올라탔다.

문이 닫히고 버스가 출발했지만 스즈키 할머니는 정류장에서 떠나는 버스를 바라보고 있다.

원래 할머니가 손자의 버스요금을 내주는 걸까?

지금까지 그런 적이 없어서 잘 모르겠다.

스즈키 할머니는 유키에가 대리손자로 왔을 때도 돌아가는 버스요금을 내줬을까? 그리고 유키에는 내가 한 것처럼 달리는 창밖으로 버스정류장에 서 있는 스즈키 할머니를 봤을까? 쓸데없는 생각인 줄 알면서도 자꾸 그런 생각이 든다. '대리손자' 아르바이트를 마친 뒤 유키에는 어떤 기분이었을까? 함께 시간을 보내면서 스즈키 할머니를 더욱 외롭게 했다는 죄책감이 들지는 않았을까? 스즈키 할머니를 생각하면 마음이 편치 않다.

버스에서 내려 오다큐선을 타고 신주쿠로 향했다. 귀찮기는 하지만 시노자키가 마음에 걸렸다. 시노자키가 전에도 블루펜슬 세미나에 참가했다면 유키에를 만났을 가능성이 크다. 시노자키의 태도로 보아 유키에한테도 분명 말을 걸었겠지. 유키에는 어떻게 했을까……?

우선 화장실을 찾았다. 단순히 볼일을 보고 싶다는 생각도 있었지만, 신주쿠처럼 평상시 잘 오지 않는 곳에 오면 난 먼저 화장실을 찾는다. 개가 자기 영역을 표시하듯이.

화장실에서 나와 시노자키가 말한 가게에 들어갔다. 역 안에 있는 셀프서비스 커피전문점. 5시가 다 되어 가는데 시노자키는 보이지 않았다. 화가 날 것도 같고 왠지 안심이 되기도 하는 어중간한 기분이다. 시노자키도 진심으로 만날 생각은 아니었는지도 모른다.

아이스라떼를 시키고 빈자리에 앉았다.

휴대전화를 확인했지만 메일은 없다.

유키에는 '대리손자' 아르바이트로 집을 비웠을 가능성이 높다. 어딘가에서 스즈키 할머니와 같은 분과 함께 지내고 있다면 별다른 위험은 없을 것이다. 아니, 오히려 여행을 떠나 즐겁게 지낼 수도 있다. 메모에 적은 대로 일주일 정도 있다가 돌아오지 않을까? 메일에 대답

이 없는 것이 걸리기는 하지만 심각한 이유가 아닐지도 모른다.

오늘 안 사실을 유키에 엄마에게 알릴까도 생각했지만, 유키에가 말하고 싶어 하지 않는데, 내가 굳이 나설 필요는 없다. 유키에 엄마도 '대리손자'에 대해 들으면 안심은 하겠지만, 기분이 상할지도 모른다. 어째서 그런 일을 하느냐고 화를 내고 분명히 그 화살은 나에게 돌아올 것이다. 그래, 유키에 엄마한테는 말하지 말자. 어쨌든 유키에만 무사히 돌아오면 되니까. 앞으로 며칠만 기다리면 된다.

유리창 너머의 통로로 화장실에서 시노자키가 걸어오는 모습이 보였다. 시노자키도 여기 오기 전에 영역표시를 한 것 같다. 날 보자 반가운 표정을 짓더니 앉아 있는 테이블까지 단숨에 달려왔다.

"와줬네!" 신이 나서 말했다.

"유키에에 대해 아는 게 있으면 가르쳐줘요."

"아아, 유키에? 알았어."

"정말로 유키에를 알아요?"

"음, 아는 것 같기도 하고 모르는 것 같기도 하고."

목을 비틀며 애매하게 말한다.

"똑바로 말해요."

“음료수 사올게.”

카운터 쪽으로 걸어갔다. 주문한 음료수를 기다리는 동안 시노자키는 휴대전화를 꺼내 누군가와 통화를 했다. 날 슬쩍슬쩍 보면서 웃는다. 예감이 좋지 않다. 내가 일어서자 서둘러 전화를 끊는다.

“사실은 유키에 모르죠? 날 불러내기 위한 핑계 아니에요?”

“글쎄.”

시치미를 떼지만 내 예상이 맞는 것 같다. 전화로 친구를 불러냈겠지. 요전 날 시부야에서 제이크가 해결해 줬던 남자들과 같은 부류다. 자칭 사냥개.

그 자리에 있는 게 우스워서 가게를 나왔다. 시노자키가 불렀지만 무시했다.

지금부터 뭘 할까 생각했다. 피곤하지만 곧장 집에 가고 싶지는 않다. 여느 때 같았으면 지드에 들르겠지만 어제 카운터에 진을 친 여자들이 오늘도 온다고 했던 걸 생각하니 영 내키지 않았다.

자칭 사냥개를 떠올린 탓인지 제이크가 보고 싶어졌다. JR역을 향해 지하도를 걷는데 뒤통수가 근질거렸다. 뒤를 돌아봤다. 시노자키가 뒤따라오나 싶었는데 보이지 않았다. 누군가 내 뒤를 밟는 것 같은 느낌은 착각이

었나? 하지만 목덜미를 감싸는 이상한 느낌은 사라지지 않는다.

신경이 예민해졌나? 유키에의 묘연한 행방이 생각 이상으로 마음에 걸리는 걸까? 아니면 신주쿠라는 거리 탓일까? 어딘지 모르게 내가 이방인 같다는 생각이 든다.

야마노테선을 타고 시부야에 도착했다. 크게 심호흡을 했다. 복잡한 인파 속에서 이러는 건 우스웠지만, 땀 냄새를 들이마시자 이상하게 안심이 되었다.

역을 나와 제이크가 DJ를 하는 클럽으로 향했다. 뜨거운 기운이 한꺼번에 밀려온다. 지하철을 타고 오며 몸이 식었는데도 금세 땀이 솟는다.

오늘따라 클럽까지 가는 길이 멀게 느껴진다. 옷가게 앞에 징이 가득 박힌 벨트가 나와 있다. 실버 버클도 정교하다. 벨트를 허리에 대어봤더니 의외로 묵직하다. 하지만 벨트 자체를 너무 강조하지 않았나 싶다. 내 취향이기는 하지만 망설여진다.

"저기."

벨트에 정신이 팔려 날 부르는 소리를 바로 알아차리지 못했다.

"안 들려?"

짜증스러운 목소리. 눈썹을 극단적으로 얇게 그린 작

은 체구의 여자애가 뒤에 서 있다.

"무슨 일이야?"

"볼일이 있으니까 불렀지."

불만스러운 듯 입술을 삐죽 내밀더니 바로 생긋 웃어 보인다.

"지난번에 어떤 여자애 찾지 않았어?"

"맞아."

"사진 갖고 있어?"

고개를 끄덕이자 보여 달라며 오른손을 내민다. 그런데 지난번 시부야에서 물어봤던 사람들 중에 이 아이도 있었던가?

기모노 차림의 사진을 가방에서 꺼냈다.

"키가 어느 정도 돼?" 사진을 뚫어지게 보며 물었다.

"너하고 비슷해."

"흐음, 역시 그 애인가 보네."

"짚이는 사람이 있어?"

"짚인다고 해야 하나, 비슷한 느낌의 애가 있어. 시부야에는 어울리지 않는 차분한 분위기. 메모를 남기고 가출을 했다고 했어."

"언제 봤어? 어디서?"

"방금 전 센터거리 근처에서. 따라와."

벨트를 제자리에 놓고 뒤를 따랐다.

아마도 유키에는 할머니와 함께 있을 것이다. 센터거리 근처에서 봤다는 여자애는 다른 사람이겠지. 시부야에는 가출한 여자애들이 흔하다. 그 중에 유키에와 닮은 애가 있어도 이상한 일이 아니다. 그래도 일단 확인할 필요는 있다.

인파를 헤치며 앞으로 걸어갔다. 보폭은 내가 더 넓을 텐데, 앞서 가는 여자애의 걸음이 빠르다.

"여기 이쯤이야."

파스타 가게와 옷 가게 사이에 난 좁은 골목에 여자애들 몇몇이 앉아 있다. 승무원들이 끌고 다니는 가방처럼 생긴 작은 트렁크가 몇 개 놓여 있다. 모두 가출한 모양이다.

"조금 전까지 여기 있었는데."

"유키에와 닮은 아이는 여기서 뭐 하고 있었어?"

"저 애들처럼 있었어. 가방을 옆에 두고 멍하니. 누가 데려가줬으면 하는 얼굴로."

'데려가줬으면 하는 얼굴'은 오늘밤 잘 곳을 달라는 뜻이다. 이렇게 잘 곳을 제공하는 사람은 주로 남자다. 생각하고 싶지도 않다. 유키에는 그런 짓을 할 리가 없다.

"유키에가 그럴 리가 없어."

내 말에 여자애는 얇은 눈썹을 찌푸렸다.

“사진 속의 애랑 닮았는데? 얼굴이라도 확인해보지 그래? 좀 있으면 돌아올 거야. 여기가 체크포인트니까.”

“체크포인트?”

“가출한 애들이 모이는 장소가 몇 군데 있어. 여기는 그나마 차분한 분위기의 애들이 많은 곳이라 그런 애들을 찾는 남자들은 여기로 와. 화려한 애들을 원하는 남자들은 다른 곳에 가고.”

가출소녀들 사이에도 영역이란 것이 있나 보다.

“조금만 더 기다려봐.”

“그러지 뭐.”

파스타 가게 앞에서 기다리려고 하니까 여자애가 불렀다.

“그렇게 눈에 띄는 곳에 있으면 어떡해. 도망친다고.”

만약에 진짜 유키에라면 날 보고 도망칠까?

“가출했을 때는 아는 사람을 만나고 싶지 않거든. 이쪽으로 와.”

여자애가 시키는 대로 골목에서 조금 떨어진 건물과 건물 사이의 어두운 곳에 몸을 숨겼다.

“이런 일을 많이 해봤나봐.”

내가 말하자 그 아이는 살짝 웃으며 끄덕였다.

“가끔 부탁받으니까. 여자애들을 보고 싶다는 남자들
이 있거든. 그럴 때는 여기로 안내해줘. 여기서 보면 찬
찬히 잘 뜯어볼 수 있어서. 그러면 고맙다고 돈을 주기
도 해.”

왠지 기분 나쁜 이야기다. 사례금을 달라고 재촉하는
느낌도 든다. 못 들은 척하고 시선을 돌렸다. 여자애들
이 모인 곳에는 별다른 움직임이 없고 다들 피곤한 듯
땅바닥에 앉아 있을 뿐이다. 새롭게 들어오는 사람도 빠
져나가는 사람도 없다. 탁한 공기에 흐리멍덩한 눈동자.
기분이 우울해진다.

“그럼 여기서 기다려봐.”

얇은 눈썹의 여자애는 일어서서 센터거리 쪽으로 걸
어갔다. 조금의 미련도 없다는 듯 뒤도 돌아보지 않는다.

사실 함께 기다려줄 이유도 없는데다, 사례를 요구하
지 않고 순순히 가서 마음이 놓였다. 그 아이는 단순히
호의로 날 여기까지 안내해준 것 같다. 하지만 이런 곳
에 숨어서 유키에와 닮은 아이를 기다리는 건 솔직히 고
역이다.

힘들다고 생각한 순간, 누군가 내 입을 틀어막고 뒤로
넘어뜨렸다. 갑자기 일어난 일에 놀라 발버둥을 쳤다.

괴롭다.

달콤한 냄새가 콧속으로 들어왔다. 입을 막고 있는 천을 치우고 싶지만, 센 힘에 저항할 수가 없다. 크게 심호흡을 하고 싶다. 신선한 공기를 마시고 싶다.

그리고 난 정신을 잃었다.

누군가 내 몸을 들어올린다. 한 사람이 아니다. 두 사람? 세 사람인가? 남자다. 낮은 목소리가 들린다. 대체 날 어떻게 할 셈이지?

이러지 마.

날 내려줘.

소리치고 저항하고 싶다. 하지만 몸이 말을 듣지 않는다. 목소리도 나오지 않고 눈조차 뜰 수 없다.

"이쪽이야." 누군가가 말한다.

"어." 대답하는 또 한 명의 남자.

어디로 데려갈 생각일까?

눈이 부시다. 게다가 시끄럽다.

머리가 빙글빙글 돈다.

"여기에 눕히지."

소파에 눕히려는 것 같다.

어디선가 음악소리가 들린다. 박수소리도.

노래방?

“아, 정신이 드나보네.” 남자 목소리가 들렸다.

내가 뒤척이는 걸 알았나 보다.

“이봐, 괜찮아? 내 말 들려?”

들린다. 필사적으로 눈을 뜨려 했지만, 눈꺼풀이 너무 무거워서 부르르 경련만 인다.

“괜찮으니까 그렇게 서두를 필요 없어.”

날 걱정해주는 이 사람은 누구일까? 해를 입힐 것 같지는 않다. 마음을 놓으니 주술이 풀렸다. 아주 천천히 눈을 떴다.

20대 정도의 민소매 티셔츠를 입은 남자가 눈에 들어왔다. 햇볕에 그을린 피부가 건강해 보인다.

“괜찮아?” 그가 물었다.

고개를 끄덕이며 물을 달라고 했다. 바로 생수병을 입에 대어줬지만 심한 두통으로 머리를 들 수가 없었다. 나도 모르게 신음소리가 나왔다.

“일어나지 않아도 되니까 입만 벌려.”

겨우 입을 ‘오’자 모양으로 벌렸다. 생수병 입구를 입에 대고 물을 넘겨줬지만 대부분 옆으로 샜다. 빨대를 껴줬으면 했지만 그런 호사를 말할 입장이 아니다. 게다가 조금이나마 물을 마신 덕분에 정신이 또렷해졌다.

“누군가 이상한 냄새를 맡게 한 것 같아.”

이상한 냄새?

"유기용제, 아니면 톨루엔일지도. 순도가 높은 톨루엔."

그 달콤한 냄새가 톨루엔?

하지만 왜? 누가 그런 짓을 했지?

"기분은 어때?"

물론 나쁘다. 속이 메슥거리고 머리가 아프다.

"가출한 것 같진 않은데, 이상한 남자한테 걸렸니?"

"아니요."

내 목소리라고 믿어지지 않을 정도로 잔뜩 갈라지고
쉰 소리가 나왔다.

"친구를 찾으러 왔어요."

"그럼 혹시 그 친구가 위험한 일에 연관됐니? 약물이
라든가."

"아니에요."

약물이라니 유키에와 전혀 연결이 안 된다.

"이걸 봐."

남자가 비닐봉지를 꺼냈다. 공예품 가게에서 비즈를
넣어 파는 작은 비닐봉지다. 색색가지의 비즈 대신 안에
있는 건 흰색 가루.

"학생 바지 주머니에서 떨어졌어. 이거 러시 맞지?"

눈이 휘둥그레졌다. 난 그런 걸 주머니에 넣은 적이

없다.

러시. 합법적인 약물. 이제는 합법이 아닌가? 잘 모르겠다.

"제 것이 아니에요."

"그래도."

"전 그런 거 필요 없으니 아저씨나 가져요."

"그러면 내가 고맙다고 받을 것 같아?"

"몰라요. 아무튼 전 필요 없어요."

남자가 살짝 웃었다.

"이제 기운을 차린 모양이네."

"깜짝 놀랐더니 제 정신으로 돌아온 것 같아요."

"그거 잘 됐네. 그럼 제 정신으로 돌아온 김에 봉지 뒷면을 잘 봐봐."

봉지를 뒤집자 노란색 동그라미 모양의 작은 스티커가 붙어 있다. 활짝 웃는 얼굴. 스마일 마크 스티커다.

"이게 뭐예요?"

"네가 붙인 거 아니야?"

"아니에요. 이런 이상한 짓을 왜 해요!"

다시 한 번 스티커를 봤다. 해맑은 미소.

"지금 이러고 있을 시간 없어요. 가도 돼요?"

일어나려고 하자, 남자가 내 어깨를 잡았다.

“우리는 시부야 자경단이야.”

“자경단? 아, 방범대요?”

“맞아. 경찰하고 협력관계에 있지. 약물에 관해서는 특히 주의를 기울이고 있어.”

“하지만 이건 내 것이 아니에요. 내 입에 톨루엔을 댄 누군가가 날 골탕 먹이려고 그런 거예요. 어쨌든 이건 여기서 갖고 계세요.”

러시 봉투를 건넸다.

“왜 너한테 그런 짓을 하지? 누구한테 원한을 산 일이라도 있어?”

“몰라요. 그건 내가 묻고 싶은 말이에요. 난 친구를 찾고 있을 뿐이고, 시부야에는 클럽에 가서 기분전환이나 하려고 온 거라고요.”

점점 화가 났다. 난 피해자인데 약물이나 거래하는 사람으로 오해받다니 말도 안 된다.

“오해하지 말고 들어.” 갑자기 남자가 진지하게 말했다. “우리는 약물을 집중적으로 감시하지만, 그 이상으로 널 걱정하고 있어. 이대로 돌려보냈다가 무슨 일이라도 생기면 큰일이잖아. 너 몇 살이니?”

여기서 거짓말을 해봤자 소용없다.

“17살, 고등학교 2학년이오.”

"보호자를 부를래?"

보호자라면 엄마를 말하겠지. 하지만 엄마에게 보호받은 기억은 없다.

"전 엄마랑 둘이 살아요. 그런데 엄만 지금 센다이에 출장 중이에요."

"다른 사람은? 할아버지나 할머니, 숙부나 숙모, 학교 선생님, 남자친구, 누구든 좋아. 너의 안전을 위해 앞으로 이런 약물을 사용하지 않겠다는 약속을 보호자한테 받아야겠어."

"아이, 참! 난 약물 같은 거 안 했다니까요."

"소지한 건 사실이잖아. 이렇게 주의만으로 끝나는 것도 다행인 줄 알아. 우리가 경찰이었으면 쉽게 끝나지 않았을 테니까. 그러니까 빨리 보호자한테 연락해."

제일 먼저 떠오른 사람은 바로 근처에서 일을 하고 있는 제이크였다. 연락을 하면 당장이라도 달려오겠지. 하지만 제이크의 외모를 보면 오히려 약물과 연관해서 생각할 위험이 있다. 실제로는 너무나 깨끗한 사람인데.

또 다른 사람이 생각났지만 부탁해도 좋을지 잠시 망설여졌다. 하지만 선택의 여지가 없다.

휴대전화에 등록된 번호로 전화를 걸었다.

"지드입니다."

직원에게 마스터를 바꿔 달라 부탁하고 잠시 기다렸다. 마스터의 목소리가 들렸다. 차분하고 반가운 목소리. 한심스럽게도 목소리를 듣는 순간, 눈물이 나올 것 같아 당황스러웠다.

얕은 기침을 하고 간단하게 용건만 말했다.

"바쁜데 미안해요. 나기예요."

"어, 그래. 어쩐 일이야?"

"실은 난처한 일이 생겨서 그러는데 시부야까지 와줄 수 있어요?"

너무나 퉁명스러운 말투에 제대로 설명도 하지 못했다. 무슨 말인가 해야겠다고 생각했는데, 마스터가 바로 장소를 물었다.

"알았어. 어디로 가면 되니?"

지금 있는 곳을 짤막하게 말했다.

"15분 정도 걸릴 거야."

전화를 끊고 나서 스스로도 놀랄 만큼 마음이 놓였다.

정확히 15분 뒤에 마스터가 도착했다. 방범대의 설명을 들은 마스터는 실례가 많았다고 말하며 고개를 깊이 숙였다.

그리고 바로 택시를 잡았다. 다이칸야마의 지드까지는 5분. 직원용 입구로 들어가 사무실에서 코코아를 마

섰다. 평소에는 단 음료를 마시지 않지만, 오늘 밤은 유달리 맛있다.

방범대원 두 명이 대기소로 가는 도중 쓰러져 있는 나를 발견했다고 한다. 도망치는 남자의 모습을 본 것 같기도 하지만 확실치는 않다고.

얇은 눈썹의 여자애가 날 그곳으로 유인한 것이 틀림없다. 사례금을 뜯지 않은 건 이미 누군가에게 받았기 때문이다.

큰일 날 뻔했다. 혹시라도 그 방범대원이 그곳을 지나가지 않았더라면 난 어떻게 됐을까? 생각만 해도 등골이 오싹하다. 나도 모르게 몸을 부르르 떨렸다.

"괜찮니?" 마스터가 물었다.

괜찮다는 의미로 고개를 끄덕였다

"일하는 중이었을 텐데 미안해요."

"괜찮아. 그런데 누구한테 당했는지 짐작 가는 사람 없어?" 마스터가 심각한 표정으로 나를 바라봤다.

"없어요. 뭐가 뭔지 모르겠어요."

"차분히 생각해봐."

생각을 하려고 하자 머리가 아파 관자놀이에 손을 대고 꾹 눌렀다.

"조급해할 것 없으니까 천천히 생각해."

이때 사무실 문을 노크하고 젊은 종업원이 얼굴을 내밀었다.

"죄송합니다만 손님이 마스터를 찾아요."

"없다고 해."

"좀 전에 마스터가 택시에서 내리는 걸 봤다고 해서요. 어제도 왔던 손님이에요."

직원은 곤란한 표정이다. 손님은 그 수다스러운 세 여자일까?

"난 괜찮으니까 가 봐요."

마스터가 걱정스러운 듯 나를 본다. 그런 눈으로 보지 말아요. 울고 싶잖아요.

"금방 올게."

마스터는 직원과 함께 나갔다.

메슥거림은 조금 진정됐지만 아직도 가슴이 울렁거린다. 머리도 무겁다. 정체모를 무언가가 날 짓누르는 것 같아 기분이 나쁘다. 내가 모르는 어떤 일. 예상도 하지 못했던 일. 누군가 나에게 악의를 가지고 있다. 왜 내가 이런 공격을 받아야 할까? 섬뜩하다.

혼자여서 마음 놓고 소리를 질렀다. 소파 쿠션에 얼굴을 묻었다.

아~, 아~, 아~.

힘들어, 누가 좀 도와줘!

아~, 아~, 아~.

멈출 수가 없다. 얼굴을 쿠션에서 떼고 멀리 던져버렸다. 크게 심호흡을 하며 오늘 갔던 곳을 생각했다.

구민센터에서 세미나에 참가했다. 유키에의 행방을 알 수 있을까 했는데……. '온 세상에서 안녕하세요' 나 '주먹 쥐고'를 불렀던 것이 먼 옛날 같지만 오늘 오후에 있었던 일이다. 그리고 유키에가 '대리손자' 아르바이트를 했던 스즈키 할머니 집을 방문했고, 신주쿠에서 시노자키를 만난 뒤 시부야로 갔다.

시노자키. 그 녀석일까?

히죽거리면서 괜히 친한 척 말을 걸어왔다. 휴대전화로 누군가와 연락을 하던 모습이 떠오른다. 이마에 난 커다란 여드름은 그의 불결함을 상징하는 것 같다.

마스터가 돌아왔다. 생각보다 빨라서 나도 모르게 물었다.

"손님 상대 안 해도 돼요?"

"괜찮아." 짧게 대답하고는 맞은편에 앉았다.

"아까 이야기가 중간에 끊겼는데, 뭐 생각난 거라도 있어?"

"오늘 좀 기분 나쁜 사람을 만났어요."

시노자키에 대해 말했다.

"시노자키란 녀석이 약물을 하는 것처럼 보였어? 나기한테 이상한 약물을 대거나 주머니에 러시를 몰래 넣을 것처럼."

"누가 할 것 같고, 누가 안 할 것 같은지 모르겠어요."

"하긴, 시노자키와는 신주쿠에서 헤어졌지?"

"헤어졌다기보다 내가 그냥 가게를 나와 버렸어요. 유키에를 안다는 건 거짓말 같았으니까."

"정말로 거짓말이었을까?"

"모르겠어요."

"시노자키가 나기 뒤를 쫓아오거나 하지는 않았어?"

"신주쿠에서 시부야로 갈 때 누군가 쫓아온다는 느낌은 받았어요. 순간 시노자키가 아닌가 싶었고요."

"그래서?"

"돌아봤는데 아무도 없었어요. 그래서 그냥 기분 탓인가 했죠."

"아마도 기분 탓이 아니었을 거야. 그게 시노자키인지는 모르겠지만, 누군가 나기 뒤를 쫓은 건 확실해. 정확하게 언제부터 그런 느낌이 들었어?"

"그런 느낌이 든 건 신주쿠역에서 지하도를 걸었을 때였지만, 그 전부터인지도 몰라요."

“신주쿠 전에는 어디에 있었어?”

마스터에게 오늘 했던 행동을 순서대로 설명했다. 블루펜슬 세미나와 스즈키 할머니 집. 유키에가 했던 아르바이트.

“미행했던 사람은 나기를 기절시킨 뒤 어쩔 생각이었을까? 주머니에 이상한 약물을 넣은 걸로 봐서는 끌고 갈 생각은 아니었던 것 같아. 또 스마일 마크가 왠지 장난 같기도 하고. 보통 여고생이 약물을 소지하고 있다가 경찰에 걸리면 당분간은 가족들의 감시가 심해지잖아. 물론 나기의 경우는 다르지만. 범인의 목적은 행동에 제동을 걸려는 것이 아니었을까?”

“내 행동이 못마땅했다는 거네요.”

“그렇겠지. 오늘 세미나가 발단이 된 것 같아. 거기서 여러 가지 단서가 될 만한 사실을 알았잖아.”

“유키에를 찾으면 곤란한 일이라도 있는 걸까요?”

“유키에의 컴퓨터를 보거나 시부야에서 사진을 들고 다녔을 때는 괜찮았잖아. 그러니까 열쇠는 오늘 나기가 한 행동에 있어. 상당히 핵심에 다가간 것 같아.”

“‘대리손자’ 아르바이트?”

“아마도.”

시노자키의 히죽거리는 얼굴이 머리에 떠올랐다.

시노자키 같은 손자를 누가 원할까 싶지만, 어쩌면 그 녀석도 필요에 따라 성실한 학생을 연기할지도 모른다. 시노자키가 유키에처럼 '대리손자' 아르바이트생이었을 가능성도 있다. 손녀만 필요한 건 아니니까.

"다시 한 번 시노자키를 만나야겠어요. 블루펜슬에 물어보면 연락처를 가르쳐줄 거예요."

블루펜슬의 전화번호는 구민센터에 전화를 걸었을 때 알아뒀다. 번호를 적은 종이를 찾으려고 가방으로 손을 뻗는데 극심한 두통이 몰려와 몸이 굳어졌다.

"괜찮니?" 마스터가 내 얼굴을 들여다봤다.

"괜찮아요." 괜찮지 않았다.

"누워 있는 게 좋겠다."

"갑자기 움직여서 그래요. 천천히 움직이면 괜찮아요."

"안 돼, 쉬어야 해."

"전화해야 해요."

"내일 해."

"그렇지만."

"너 지금 몹시 지친 얼굴이야. 누워. 이 소파는 침대도 되니까."

"소파베드군요."

"나도 가끔 여기서 눈을 붙이곤 해. 오늘은 여기서 자

고 가. 혼자 있는 거 걱정되니까.”

“여기서요?”

“응, 가게 끝나면 난 적당히 알아서 잘게. 이상한 짓
안 할 테니까 안심하고.”

“하지만.”

“그렇게 해. 오늘 밤에 널 보내면 내가 잠을 못잘 것
같아서 그래. 여기 있으면 내가 돌봐줄 수 있잖아.”

“그래도 될까요?”

“그럼.”

달콤한 냄새. 어딘지 정겹다.

이 냄새는 뭘까? 버터와 달걀을 듬뿍 넣은 과자 같은……. 마음이 푸근해진다.

잠이 덜 깬 상태로 생각했다.

아, 알았다! 프렌치토스트. 어릴 적 아직 아빠와 함께 살았을 때, 일요일 아침에 엄마가 만들어주었다. 노릇하게 구운 토스트에 단풍나무 시럽을 뿌리고 시나몬 가루도 살짝 쳤다. 접시엔 늘 바나나 조각이 함께 담겨 있었다. 이유는 모른다. 아빠는 단 음식을 싫어했지만, 이 프렌치토스트만은 언제나 또 달라고 했다. 아빠, 그렇게 많이 먹어요? 내가 물어보면 맛있는 음식은 얼마든지 먹을 수 있다고 했고 엄마는 그런 아빠를 보며 웃었다.

그 시절, 일요일 늦은 아침의 달콤하고 고소한 시간.

“일어났니?”

마스터였다. 커피포트와 프렌치토스트가 담긴 접시를 손에 들고 있다.

“냄새가 좋아요.” 숨을 들이마시며 말했다.

“먹을 수 있겠어?”

“괜찮을 것 같아요. 배고파요.”

“다행이다.”

천천히 몸을 일으켰다. 두통은 가라앉았고 메슥거림도 없다. 다시 태어난 기분이다.

“합기도라도 배울까 봐요.”

장난하듯 말했는데, 마스터는 좋은 생각이라며 동의했다.

“호신술은 필요해.”

“그러면 마스터한테 폐 끼치지 않았을 텐데.”

“폐는 무슨. 어젯밤엔 연락하길 잘 했어. 안 그랬으면 아무것도 몰랐을 테니까. 자, 어서 먹자.”

프렌치토스트와 커피를 내 앞에 놓는다. 먼저 커피를 한 모금 마시고, 토스트를 먹었다. 둘 다 굉장히 맛있다. 가게에서 늦게까지 일했을 텐데, 단골손님에 불과한 날 위해서 일찍 일어나 만들어주었다.

“무지 맛있어요. 가게 메뉴에 올리지 그래요?”

“음, 글쎄? 이걸 올리면 비장의 무기가 없어지는데.”

“비장의 무기요?”

“응, 소중한 사람을 위한 특별 메뉴.”

이런 농담에 당황해하는 건 우습다. 애써 태연한 표정을 지었다.

“이거 다 먹고 나서 분고 씨한테 전화 걸어볼래요.”

“그래, 그게 좋겠다.”

지금은 8시 45분. 15분이면 여유 있게 먹을 수 있다. 9시면 전화를 걸어도 상관없겠지. 늘 그렇듯 빨리 먹는 나를 보며 마스터가 주의를 준다.

“꼭꼭 씹어서 먹어.”

다 먹은 뒤 마스터를 도와 식기를 주방으로 옮겼다. 재빨리 식기세척기에 집어넣고 사무실로 돌아와 분고에게 전화를 걸었다.

“네, 블루펜슬입니다.”

“분고 씨세요?”

“네, 그런데요.”

“어제 세미나에 참석했던 나기예요. 친구를 찾으러 갔던.”

“아아, 어제! 기억나. 그래서 친구는 찾았나?”

“아뇨, 아직요. 그런데 어제 세미나에서 시노자키라

는 대학생이 저한테 말을 걸었는데, 유키에에 대해 아는 것 같았어요. 그래서 그 사람 연락처를 알고 싶은데요.”

“명부를 보면 알 수 있지만, 개인정보 보호법 때문에 제3자에게 전화번호를 알려줄 수는 없어.”

“그래도 부탁드려요.”

“그건 곤란한데.”

잠시 생각하더니 한 가지 제안을 했다.

“그럼 이렇게 하면 어떨까? 내가 시노자키 군한테 전화를 해서 나기 학생 연락처를 가르쳐주고 전화를 하라고 하면.”

친절함을 감사히 받아들이기로 했다.

“그럼 부탁하겠습니다.”

전화를 끊고 커피를 마시면서 기다렸다. 하지만 전화벨은 울리지 않는다. 15분, 30분, 시간만 간다. 기다리고만 있으려니 초조하고 애가 탄다.

분고는 시노자키와 통화를 했을까? 시노자키는 바로 연락을 해줄까? 시간을 때우려고 사무실 컴퓨터를 보는데 휴대전화가 울렸다. 그런데 낯선 발신번호는 휴대전화가 아닌 회선전화였다. 시노자키답지 않다는 생각이 들었다.

“여보세요?” 여자 목소리다.

“나기 학생?”

“네, 그런데요.”

“나 어제 만났던 스즈키 할머니야.”

“아, 네. 할머니.”

“저기, 나기 학생.”

스즈키 할머니의 목소리는 어딘지 긴장한 것 같다.

“학생, 별일 없었어?”

“네?”

“집에는 잘 들어갔고?”

무슨 뜻으로 묻는 걸까? 왜 이런 걸 묻지? 스즈키 할머니 목소리가 왜 이렇게 걱정스러울까?

“네, 저기.”

뭐라고 대답해야 좋을지 몰라 생각하는데, 할머니가 먼저 말을 꺼냈다.

“내가 양갱이 먹고 싶어서 조금 전에 과자가게에 갔거든.”

버스정류장 가까이에 있는 전통과자가게. 스즈키 할머니 집을 찾는 이정표다. 어제 가게 주인을 보고 스즈키 할머니가 인사했던 일이 떠올랐다.

“그런데 그 집 주인여자가 어제 4시 넘어서 가게 앞에 누가 오토바이를 세워뒀다고 하는 거야. 가게 문을 닦으

려다가 봤다는데, 꽤 오랫동안 서 있어서 이상하다고 생각했나봐. 누군가를 기다리는 폼이었대. 그런데 어제 나기 학생이 갈 때 그 가게 앞을 지나갔잖아?"

"네."

"그래서 그 주인여자는 오토바이를 탄 남자가 나기 학생을 기다린 줄 알았다지 뭐야."

"저를요?"

"주인여자는 그렇게 생각했대. 나기 학생이 멋있어서 그런 여학생을 오토바이에 태우면 남자가 꽤나 으쓱할 거라고 하지 뭐야. 그래서 내가 나기 학생은 버스를 타고 갔다고 말해줬지. 그랬더니 주인여자는 자기가 착각을 한 것 같다고 그랬는데 내가 마음에 걸려서."

오토바이.

뭔가 뇌리에 스친다. 오토바이 배기음. 배기가스 냄새.

아, 맞다!

"스즈키 할머니, 저희가 버스를 기다렸을 때 오토바이가 지나갔죠?"

"맞아. 나도 그게 생각나더라고. 우리를 보고 놀라면서 달려가지 않았어?"

그랬던가? 기억하는 건 배기가스 냄새 때문에 스즈키 할머니가 얼굴을 찡그렸다는 것뿐이다. 난 그때 스즈키

할머니와 걷는 데만 신경을 쓰느라 오토바이에까지 주
의를 기울일 여유가 없었다.

"요즘 젊은 여자를 노리는 무서운 사건이 많잖아. 그
래서 걱정이 돼서 잘 들어갔나 하고 전화를 걸었지."

"걱정 끼쳐서 죄송해요. 전 괜찮아요."

시부야에서 이상한 약물 냄새를 맡고 기절했다는 말
은 하지 않았다. 집에 돌아가지는 못했지만 무사한 건
사실이니까.

"가게 주인아주머니께서 오토바이에 탄 사람 얼굴을
봤대요?"

"그게 헬멧을 쓰고 있어서 몸집만 보고 남자인 줄 알
았다나 봐. 얼굴은 보지 못했다고 하네."

누군가 오토바이를 타고 날 미행했고 과자가게 근처
에서 기다리고 있었다. 나와 스즈키 할머니가 버스정류
장에 있는 걸 보고 행선지가 종점인 지하철역이란 걸 알
아차렸을 지도 모른다. 신주쿠, 시부야 모두 미행당했을
수도 있다. 시부야 거리에서 벨트에 정신이 팔려 있을
때, 얇은 눈썹의 여자애한테 돈을 주고 날 불러내라고
한 걸까?

시노자키? 아니면 시노자키의 친구? 아니면 전혀 다
른 사람?

“스즈키 할머니.”

“응, 그래.”

“직접 가게 아주머니한테 듣고 싶어요. 지금 갈게요.”

“그럼 나도 같이 가.”

“1시간 뒤에 그 가게 앞에서 만나요.”

전화를 끊었다. 사무실을 나와 가게 주방을 들여다보고 마스터를 불렀다.

“진전이 있어?” 마스터가 다가왔다.

시노자키의 연락을 기다리고 있는 중이라는 것과, 스즈키 할머니에게 들은 얘기를 전했다.

“그럼 스즈키 할머니 집에서부터 미행당했을 가능성이 있다는 거네?”

“네.”

마스터가 뭔가를 생각하더니 말을 했다.

“이건 좀 하기 힘든 질문인데, 어제 나기가 습격당한 것하고 스즈키 할머니가 연관됐을 가능성은 없어?”

“아뇨, 절대로 없어요.”

스즈키 할머니는 팔을 올려가며 나에게 양산을 씌웠고 버스요금까지 내주었다. 날 걱정해서 전화까지 걸어준 그런 분이 나에게 해를 끼칠 리가 없다.

“알았어.” 마스터는 내 판단을 존중했다.

"혼자서 괜찮겠어?"

"괜찮아요."

"함께 가고 싶은데."

"괜찮다니까요. 마스터한테 더 이상 폐를 끼칠 수는 없어요."

마스터에게는 가게가 있다. 자유롭게 현장에 갈 수 없는 건 링컨 라임과 같다.

"그럼 자주 연락 줘. 내 메일주소하고 휴대전화번호 가르쳐줄 테니까."

마스터가 부른 전화번호와 메일주소를 내 휴대전화에 등록했다. 아, 내 손 안에 쏙 들어오는 작은 기계가 정말로 사랑스럽다.

지드에서 나와 역으로 갈까 했지만, 어제와 같은 옷으로 스즈키 할머니 집을 가는 건 내키지 않는다. 일단 집으로 돌아왔다. 겨우 하룻밤 비웠을 뿐인데 너무 그리웠다.

샤워를 한 뒤 옷을 갈아입고 화장을 끝내니 다른 사람이 된 것 같다. 나 예뻐졌죠? 마스터에게 보여주고 싶은 기분이다.

어제 일진이 나빴기 때문에 다른 야구 모자를 쓰고 약속한 과자가게로 향했다. 5분 일찍 도착했는데도 스즈키 할머니는 이미 가게 아주머니하고 무슨 말인가 하고 있다.

"아, 왔네 왔어." 날 보며 손짓을 했다.

"여러 모로 힘들겠네."

과자가게 아주머니가 위로의 말을 건넸다. 스즈키 할머니가 어떤 말을 어떤 식으로 했는지 모르겠지만, 여러 모로 힘든 건 사실이므로 얌전히 고개를 끄덕였다.

"혹시 오토바이 탄 사람에 대해 뭔가 기억나는 거 없으세요?"

"미안하지만 잘 모르겠어. 헬멧을 쓰고 있었거든. 오토바이 그늘에 웅크리고 있기에 난 오토바이가 고장이 나서 고치나 했지."

그런 시늉을 하고 있었는지도 모른다.

"스즈키 할머니하고 학생이 걸어오니까 그 남자가 벌떡 일어나더라고. 그래서 학생을 기다리는 줄 알았어."

"전 버스로 돌아갔어요."

"그러게, 그랬다며? 스즈키 할머니한테 들었어. 가게 안쪽에 있어서 거기까지는 못 봤거든."

"오토바이를 탄 사람은 남자였죠?"

"그럴 거야. 얼굴은 못 봤지만 뒷모습이 남자였어. 말랐지만 키가 크고 어깨가 벌어졌거든."

시노자키는 아무리 잘 봐주려고 해도 말랐다고 하기는 힘들다. 다부지다고 해야 할까, 각진 체형이다. 오토

바이 남자는 다른 사람일 가능성이 크다.

더 이상 질문할 것이 없어서 인사를 하고 가게를 나오려는데, 스즈키 할머니가 과자를 샀다. 구즈사쿠라(칡 녹말로 반죽하여 팥소를 넣고 찐 다음 벚나무 잎으로 싼 여름철 과자—옮긴이) 두 개. 아마도, 아니 분명히 나와 차를 마시기 위해서일 것이다. 전통과자를 그다지 좋아하지는 않지만 좋아하는 척 정도는 할 수 있다.

가게를 나와 예상대로 스즈키 할머니 집에 갔다.

겨우 한 번 왔을 뿐인데 전부터 잘 아는 곳 같다. 손질이 잘 된 할머니의 정원에서 여러 번 물을 준 것 같은 느낌이다.

"어서 들어와."

현관에는 어제와 같은 슬리퍼가 놓여 있다. 마치 내 전용 슬리퍼 같다. 스즈키 할머니는 잠시 기다리라고 한 뒤 방범센서를 해제했다.

"근처에 나가는데도 센서를 켜세요?"

"요즘은 하도 세상이 무서워서."

맞는 말이다. 나도 어제 정말로 무서운 일을 당했다.

뭔가가 걸린다. 누군가 말했던 뭔가가.

무서운 세상이라는 단어에 얽힌 무언가가.

열심히 생각했다.

"뭘 그렇게 심각한 얼굴로 생각해?"

"죄송해요. 생각이 날 것 같은데 생각나지 않는 일이 있어서요."

"아이고, 젊은 사람도 그런 일이 있어?"

스즈키 할머니는 재미있다는 듯 웃으며 부엌에 들어갔다.

이번에는 스즈키 할머니의 말이 머릿속에서 맴돈다.

그런 일이 있어?

그런 일이 있었어?

누군가 말했는데…….

방범센서 스위치를 봤다. 아직 새 것이다.

"스즈키 할머니!"

나도 모르게 큰 소리가 나왔다.

"왜 그래, 무슨 일이야?"

부엌에서 나온 할머니 손에는 좀 전에 샀던 구즈사쿠라와 냉녹차를 담은 쟁반이 들려 있다. 쟁반을 받아 테이블 위에 놓은 뒤 말했다.

"어제 구사부에 할머니와 통화를 할 때 구사부에 할머니가 그런 일이 있었어? 큰일 날 뻔했네, 라고 했죠?"

"그랬나?"

"네, 그랬어요. 오랜만이라고 인사를 하고 요즘 근황

에 대해 말씀하셨을 때요."

"아아, 그거!"

"무슨 일이 있으셨어요?"

"별로 생각하고 싶지 않은데……."

한 번 말을 끊더니, 곤혹스런 표정으로 날 바라봤다.

"실은 도둑이 들었어."

역시.

그래서 센서를 설치했고, 잠깐 외출을 할 때도 방범에 신경을 썼던 것이다.

"언제 도둑이 들었어요?"

"봄이지. 튤립이 활짝 피었을 때니까."

"그럼 4월인가요?"

"경찰에 피해 진술서를 제출했으니까 그걸 보면 정확한 날짜는 알 수 있어. 근데 갑자기 그건 왜?"

"걸리는 게 있어서요."

"설마 나기 학생을 미행했다는 사람하고 관계있는 건 아니지?"

"그럴지도 몰라요. 도둑이 들었을 때 상황을 말씀해 주세요."

스즈키 할머니는 약간 시선을 위로 향하더니 생각을 정리하는 것처럼 여러 번 눈을 깜박였다.

"어쩌다 그런 일이 일어났는지 원. 그날은 인형교실에 가는 날이었어. 전통종이로 작은 인형을 만드는 수업이지. 저기 장식한 인형이야."

눈으로 텔레비전 위를 가리켰다.

"한 달에 두 번 다니는데 오후 2시부터 4시까지 해. 수업을 마치고 같이 배우는 사람들과 차를 마시면 보통 6시가 넘어 집에 돌아오지. 그날도 집에 돌아오니 6시가 넘었어. 근데 집에 들어오자마자 뭔가 이상한 거야. 피부로 확 느껴지더라고. 아니, 피부가 아니라 코로 느꼈는지도 몰라. 냄새가 났거든. 이 집에서 맡을 수 없는 낯선 냄새. 남자들이 쓰는 머릿기름 같은 상쾌한 냄새랄까. 냄새는 좋았지만 등골이 오싹했지."

침을 꿀꺽 삼켰다. 스즈키 할머니의 말이 끊겼기에 그 다음 말을 재촉했다.

"갑자기 겁이 더럭 나면서 다리가 꼼짝하지 않는 거야. 그래서 복도에 선 채로 거기 누구요! 누구 있어요?, 라고 혼자서 바보처럼 소리를 질러댔지. 무릎은 덜덜 떨리고 내 정신이 아니었어. 그러다 겨우 용기를 내서 2층에 올라갔어. 귀중품을 넣어둔 서랍을 확인하려고. 아근데 통장이며 인감 그리고 통장 주머니에 넣어둔 현금이 몽땅 없어졌지 뭐야. 그래서 부랴부랴 경찰에 신고를

했지.”

“피해액은 어느 정도였어요?”

“그때 바로 은행에 전화해서 인출을 막았거든. 도둑을 맞은 건 집에 두었던 현금 4만 엔하고 상품권, 반지였어. 전부 합쳐 십이삼만 엔 정도였나?”

“경찰에서는 뭐래요?”

“피해 진술서를 쓰라고 했어. 망연자실했지만 그래도 정신을 차려 진술서를 쓰고, 나머지는 경찰에 맡겼지. 집 안을 이 잡듯 샅샅이 조사하고 지문채취도 하고. 뭔지 모르지만 흰 가루를 묻혀 털어내기도 하더라고. 아, 그리고 경찰이 그랬어. 집 안이 깨끗한 걸로 봐서는 프로 솜씨라고. 프로 절도단은 귀중품이 있는 장소를 잘 가려낸대.”

“할머니는 평상시에 집에 계시는 시간이 많나요?”

“그럼. 요즘에는 외출도 귀찮아서 대체로 집에 있어. 시장가는 것도 성가셔서 배달하는 정도니까. 가끔 병원에 가거나 한 달에 두 번 인형교실에 나가는 게 전부야.”

“그런데 도둑은 우연히도 스즈키 할머니가 집을 비웠을 때 들었다는 말이네요?”

“그렇지. 운이 좋은 건지 나쁜 건지 잘 모르겠지만. 그날 집에 있었더라면 도둑한테 무슨 변을 당했을지.”

스즈키 할머니는 말을 하며 몸을 부르르 떨었다.

빈 집을 털 경우 주인의 부재를 확인하는 건 기본이다. 집 안을 살피든가, 인터폰을 누르든가, 전화를 걸든가, 검침기의 움직임을 보든가, 잘은 모르지만 어떤 수단을 써서든 확인할 것이다. 그럼 범인은 끈질기게 스즈키 할머니가 외출하기만을 기다렸던 것일까?

스즈키 할머니 집은 품격이 있긴 해도 부잣집처럼 보이지는 않는다. 2세대 주택으로 지은 것처럼 보이는 새 집도 있지만 주위 집들은 모두 비슷비슷하다. 대부분 지은 지 꽤 되어 보이는 집으로 주인들이 고령이라는 것을 알 수 있다. 도둑이 목표물을 정하는 기준은 잘 모르겠다. 하지만 스즈키 할머니 집만을 목표로 삼았을 리는 없다. 어디라도 좋았을 것이다.

그런데 왜 하필 이 집이었을까? 스즈키 할머니에게 뭔가 특별한 것이 있었던 걸까? 도둑이 들어온 것은 튤립이 피었을 무렵이다.

정원에 방치해둔 화분으로 눈을 돌렸다. 스페인 민예품처럼 보이는 화분은 유키에가 가져온 것으로 봄에는 핑크색 튤립이 피었다고 한다.

생각보다 몸이 먼저 움직였다. 정원으로 이어지는 창문을 열고 그 앞에 놓인 샌들을 신었다. 스즈키 할머니

가 놀라 뒤를 따랐지만, 설명할 시간도 아깝다.

화분을 거꾸로 잡고 안에 있는 흙을 털었다. 화분 아래 구멍에 기왓장 같은 것이 있다. 직사각형 모양에 방수망이 둘둘 말려 있다. 망을 풀었더니 내가 가진 아이팟 정도 크기의 사각형 기계가 나왔다.

"아니, 이게 뭐야?" 스즈키 할머니가 들여다봤다.

"아마 도청기일 거예요."

"도청기!?"

스즈키 할머니는 비명을 지르듯 말을 하다가 서둘러 입을 막았다.

"이제는 작동하지 않을 거예요. 그러니까 그냥 말씀하셔도 괜찮아요."

콘센트에 직접 연결된 부분에 설치하는 종류는 반영구적이라고 들은 적이 있지만, 화분에 장착한 도청기 수명은 그렇게 길지 않다.

"어떻게 이런 것이 여기에."

정말 어째서 이런 게 여기 들어 있을까?

"이 화분은 계속 정원에 뒀어요?"

스즈키 할머니는 천천히 고개를 저었다.

"꽃이 피었을 때는 거실이나 현관에 두었지."

그거다!

가스 오케이, 창문 오케이. 스즈키 할머니는 나갈 때 손가락으로 가리키면서 확인한다. 이 화분이 현관에 있었다면 그 목소리로 스즈키 할머니의 부재를 알 수가 있다. 나머지는 귀중품을 넣어두는 곳만 알면 일은 간단하다.

설마.

유키에는 이 집을 사전 조사하러?

"유키에가 '대리손자' 서비스로 왔을 때 귀중품을 넣어두는 곳에 대해 물었나요?"

"아니. 설사 물었다고 해도 그런 걸 함부로 남한테 말하나."

"그렇죠."

"아, 하지만."

스즈키 할머니가 무언가 생각났다는 표정이다.

"유키에가 일을 마치고 돌아갈 무렵에 가방에서 서류 한 장을 꺼냈어. 업무보고서 같은 종이에 서비스를 받았다는 확인 도장을 찍어달라고 하더라고. 그 전까지 할머니라고 부르며 싹싹하게 굴었는데 순간 사무적인 태도로 변하지 뭐야. 갑자기 현실로 돌아온 것 같은 기분에 멍하니 있으니까, 유키에가 죄송하다며 난처해했지."

"그래서 도장을 찍으셨어요?"

"그랬지. 현관에 잡동사니를 넣어두는 서랍에서 스탬

프를 가져 오니까 그걸로는 안 된다고 하더라고. 인주로 찍는 도장이어야 한다면서, 막도장이라도 괜찮다고.”

잠자코 다음 말을 기다렸다.

“그래서 2층으로 가지러 올라갔어. 에구머니! 내가 말을 했네 그래. 우리는 2층에 중요한 걸 두는 곳이 있다고. 이건 비밀이야.”

그러면서 검지를 입에 갖다 댔다. 비밀이라고 하지만 난 이미 귀중품이 2층에 있다는 사실을 안다. 조금 전 스즈키 할머니 자신이 말했다. 도둑이 들었을 때, 용기를 내서 2층으로 올라갔다고. 역시 스즈키 할머니는 방어가 허술하다.

“유키에도 함께 2층에 갔나요?”

“아니, 그런 일은 없었어. 나 혼자서 도장을 가지고 내려왔지.”

그래도 2층에 귀중품이 있다는 사실은 알아냈다. 나머지는 도청기로 스즈키 할머니가 집을 비우는 시간만 알면 된다.

화분과 도청기를 번갈아보며 스즈키 할머니가 나지막이 중얼거렸다.

“‘대리손자’와 도둑이 관계가 있을까?”

확실한 예감에 난 고개를 끄덕였다.

화분을 꼭 쥐었다. 바짝 마른 모래가 무릎 위로 떨어진다. 유키에, 어째서 이런 짓을……. 어금니가 아프다. 나도 모르게 힘주어 다물었던 모양이다.

"에휴, 걱정 마." 스즈키 할머니가 내 어깨에 손을 올리며 위로하듯 말했다. "유키에는 악의가 없었을 수도 있잖아. 아무것도 몰랐을 거야, 분명해."

내가 고개를 들자, 스즈키 할머니가 미소를 지었다.

스즈키 할머니를 위해서라도 이대로 있을 수는 없다. 게다가 이게 바로 '대리손자' 서비스의 실체라면 그밖에도 피해를 입은 노인이 있을 것이다.

"할머니."

다급한 목소리에 할머니는 긴장한 표정으로 날 쳐다봤다.

"'대리손자' 서비스를 다른 사람한테 소개한 적 있으세요?"

그런 적이 있는지 깜짝 놀란다.

"누구한테 소개했어요?"

"병원에서 순서를 기다리는 동안 이야기를 나누는 할머니가 있어. 다마이 씨라고 하는 데, 나처럼 혼자 살고 있지. 그런데 다마이 씨는 남편도 몇 년 전에 먼저 보내고 자식도 없어서 남들이 손자 이야기를 하면 그렇게 부

러울 수가 없다는 거야. 한 번만이라도 손자하고 이야기
도 하고 쇼핑도 나가는 게 소원이라고 하길래 내가 유키
에의 연락처를 가르쳐줬지.”

　‘대리손자’ 아르바이트는 입소문으로 퍼지고 있었다.
보다 많은 손님을 획득해 돈을 벌 목적이 아니었으니,
아마 그걸로 충분했을 것이다.
　어느 정도 재산이 있고 생활에 여유가 있지만, 개인사
정으로 손자를 만날 수 없는 노인에게 다른 노인이 정보
를 전달해준다. 도둑질이 목적이라면 그것은 매우 확실
한 연결 체계다.
　스즈키 할머니가 다마이 할머니의 전화번호를 알고 있
어서 전화를 부탁드리자 전과 똑같은 대화가 시작됐다.
　“아이고, 그랬어요? 몰랐어요, 힘들었겠네…….”
　역시 다마이 할머니 집에도 도둑이 들었나 보다 생각
했을 때, 스즈키 할머니가 병원 이름을 물어봤다.
　“가까우니 내 한번 찾아가리다.”
　병원이름과 면회시간을 적은 스즈키 할머니는 전화
를 끊었다.
　“다마이 씨가 입원을 했다네. 간단한 검사를 받으려
고 한 입원이 생각보다 길어져서 2개월 이상 걸린다지

뭐야." 스즈키 할머니가 말했다. "전화를 받은 사람은 그 집 파출부였어. 일주일에 두 번 정도 와서 집안일을 해주고 있나봐."

2개월 이상 입원을 하고 있다면 '대리손자' 서비스를 이용하지 않았을 수도 있다.

"병원이 요 근처니까 같이 가보자고. 마침 면회시간이기도 하니까."

버스로도 갈 수 있다고 했지만 급한 마음에 택시를 타자고 했다. 큰길에 나와 택시를 잡고 병원으로 향했다. 15분 정도 걸려 목적지에 도착했다. 내가 먼저 요금을 내려고 하자, 그 작은 체구 어디에서 그런 힘이 나오는지 날 확 밀치고 돈을 냈다.

"자자, 어서 내려."

난처해하는 나를 데리고 택시에서 내려 병원 접수처로 향했다. 면회자 명부에 이름을 적고 스즈키 할머니는 꽃을 사오겠다며 매점으로 갔다. 잠시 뒤 할머니가 꽃다발을 들고 돌아왔다.

"자, 가지."

병원에 온 스즈키 할머니는 생기가 돌았다. 마음껏 활개를 친다는 느낌이랄까. 나이를 먹으면 주된 활동무대도 변한다.

4층으로 갔다. 다마이 할머니는 2인 병실에 입원해 있었다.

"다마이 씨, 나 왔어요."

스즈키 할머니가 병실로 들어갔다.

"아이고, 스즈키 씨!"

문 앞 침대에 있던 할머니가 반색하며 말했다. 몸은 여위고 얼굴색은 나쁘지만 머리는 단정하게 빗었다. 다마이 씨는 날 슬쩍 보고는 스즈키 할머니에게로 시선을 옮겼다.

"내 친구예요."

스즈키 할머니는 날 소개했다.

"다마이 씨한테 물어볼 게 있어서 함께 왔지."

"안녕하세요? 미우라 나기라고 합니다."

"어서 와요. 난 또 스즈키 씨 손녀인 줄 알고 이렇게 예쁜 손녀가 있었나 했지."

"안타깝게도 아니에요. 후후후."

스즈키 할머니는 소리 내어 웃으며 노란 꽃다발을 옆 테이블 위에 놓았다.

집에 전화를 했더니 파출부가 입원 사실을 알려줬다, 몸은 어떠냐는 이야기가 한동안 이어진 뒤 스즈키 할머 니가 본론을 꺼냈다.

“왜 내가 전에 ‘대리손자’ 서비스가 있다고 말했죠? 다마이 씨도 괜찮다고 했는데, 신청했어요?”

“아아, 그거.” 다마이 할머니가 쓴웃음을 지었다.

“그게 참 아깝게 됐어요.”

“신청 안 했어요?”

“아니, 신청은 했는데 입원하는 바람에 취소했어요.”

“아, 그랬어요?”

“스즈키 씨가 가르쳐준 번호로 걸었더니 아주 참한 목소리의 여자가 받아서 설명을 해주더라고요. 그 뒤에 신청용지가 우편으로 배달됐어요. 용지에 요구사항을 써서 보내놓고 잔뜩 기대하고 있었는데 그만.”

“저기요.”

다마이 할머니와 스즈키 할머니가 동시에 날 봤다.

“다마이 할머니는 어떤 타입의 손자를 원하셨어요?”

“그게 말이지.” 약간 부끄러운 듯 호호호 웃었다.

“난 손자는커녕 자식도 없어. 그래서 남들보다 훨씬 꿈이 크지. 내 이상형의 손자는.”

“이상형의 손자요?”

“응, 웃지 말고 들어봐.”

물론이다. 지금 웃을 때가 아니다. 스즈키 할머니도 흥미로운 듯 몸을 앞으로 당겼다.

“나이는 열여섯이고 여자애면 좋겠어. 좋은 환경에서 잘 자란 부잣집 딸 같은 분위기에 옷이며 말투, 행동, 모두가 세련되고 기품이 있으면서 예의 바른 사람이어야 해. 날 할머님이라고 부르고, 함께 히로오에 있는 프랑스 레스토랑에서 식사를 하거나 아리스 강 공원에서 산책을 하는 게 내 희망사항이었지.”

기호코의 블로그를 읽고 열심히 질문을 했던 유키에. 이제야 이해가 간다. 유키에는 다마이 할머니의 요구에 맞추기 위해 노력했던 것이다.

내가 생각에 잠긴 것을 보고 다마이 할머니가 걱정스러운 표정을 지었다.

“왜 그래? 무슨 일이라도 있어?”

“다마이 할머니와 통화한 사람은 아마 제 친구일 거예요. 유키에라고 하는데, 지금 그 친구가 어디 있는지 알 수가 없어요. 벌써 사흘이나 지났는데…….”

“에구머니나!”

“유키에가 ‘대리손자’ 아르바이트를 했다는 사실을 듣고 이 일에 대해 알면 행방을 알 수 있지 않을까 생각했어요.”

“아, 그런 일이 있었구먼.”

“미안해요. 입원 중인데 귀찮게 해서.” 스즈키 할머니

가 말했다.

다마이 할머니는 손사래를 쳤다.

"귀찮기는! 갑자기 혈액순환이 잘 되는 것 같은데."

"그럼 혈액순환도 잘 되는 참에 생각해 봐요. 혹시 다른 사람한테 '대리손자'에 대해서 말한 적 없었어요?"

스즈키 할머니가 물었다.

"물론 있지요." 당연한 표정으로 다마이 할머니가 말했다. "여러 사람한테 말했어요."

선입견일지 모르지만, 어쩐지 남에게 말하기 힘들 거라고 생각했다. 돈을 내고 손자를 대여한다는 건 상식에서 벗어난 행동으로 보이고, 자신이 고독하다는 걸 폭로하는 것 같아 다른 사람에게는 숨기고 싶어 할 거라고 생각했다. 하지만 다마이 할머니 경우는 아니었던 모양이다.

"다마이 씨가 말한 사람 중에서 해보고 싶다는 사람이 있었어요?"

"음, 그게. 흥미를 보인 사람은 꽤 있었지만, 실제로 전화번호를 가르쳐달라고 했던 사람은 스기나미에 살고 있는 사카키 씨뿐이었어요."

"그 사람은 손자가 없어요?"

"한 명 있는데 영국에 있대요. 사카키 씨 딸이 대학교

선생님인데, 일과 가정 모두를 잘 해보려고 했지만 생각처럼 안 됐나 봐요. 지금은 영국에 있는 대학에서 강사를 한다고 했어요. 그래서 손녀를 좀처럼 볼 수가 없다고 많이 서운해 했어요."

모자가정에 엄마는 대학교수. 나와 가정환경이 매우 비슷하다.

"그 사카키 할머니의 손녀는 어떤 분위기였대요?"

"고등학교에 다니는데 외국에서 살아서 그런지 아주 세련됐다고 하더라고. 어른스럽고 생각도 야무진 게 여기 고등학생하고는 다르다고 사카키 씨가 얼마나 자랑을 했는지 몰라."

내가 세련되고 야무지며 어른스럽다는 생각은 조금도 하지 않지만, 남들이 그렇게 보는 건 사실이다. 그리고 아마도 유키에 역시 마찬가지였을 것이다.

함께 옷을 사러 가자고 한 것도, 카페에서 이것저것 물었던 것도 모두 사카키 할머니의 손녀를 연기하기 위해서였을까? 기호코나 미리의 블로그에 접속한 것처럼 나도 친구가 아닌 자기 일에 필요한 정보원으로 봤다는 말인가?

기호코와 미리의 말을 들었을 때부터 예상한 일이었다. 유키에는 나에게 목적을 가지고 접근했다. 하지만

그것이 사실로 드러나자 마음이 혼란스럽다.

갑자기 맥이 빠졌다. 유키에를 찾아야겠다는 마음도 사그라졌다. 모든 걸 내던지고 싶다.

나와 같은 옷을 입고 내 생활을 따라하며 사카키 할머니의 손녀를 연기하는 유키에. 그래서 성공한다면 그걸로 만족하겠지. 난 목적을 위한 도구에 불과했다. 나만이 유키에한테 리얼한 존재였다는 생각은 큰 착각이었다.

"사카키라는 분은 외국에 사는 손녀와 같은 타입을 원했을까요?" 스즈키 할머니가 질문을 던졌다.

"그야 그렇겠지요." 다마이 할머니가 대답했다.

"사카키 씨 본인도 아주 멋쟁이에요. 손녀가 자신을 닮아서 더 기쁘고 자랑스러운 것 같았으니까. 그런 타입을 좋아하는 모양이에요. 딱 이 학생 같은."

다마이 할머니가 눈으로 나를 가리켰다.

스즈키 할머니가 걱정스러운 듯 눈썹을 모았다.

"하지만 유키에 학생은 그런 타입이 아닌데. 차분한 문학소녀 분위기잖아. 또래보다 어려보이지 않나?"

"그래도 옷이나 말투로 분위기는 바꿀 수 있으니까요." 내가 말했다.

"그렇기야 하지. 어느 정도는."

스즈키 할머니는 고개를 끄덕이고는 다마이 할머니

에게 사카키 씨의 연락처를 아느냐고 물었다

"알지만 지금은 별장에 가 있을 거예요. 해마다 그러니까."

"별장?"

"가루이자와에 별장이 있는데 나한테도 몇 번 가자고 했어요. 매번 사양하기도 그렇고 해서 전에 같이 간 적이 있어요."

다마이 할머니는 베갯머리에 둔 가방을 뒤적이더니 주소록을 꺼내 사카키 할머니 집 전화번호를 가르쳐줬다.

"미안하지만 별장 전화번호는 모르겠네."

"괜찮아요."

"먼저 집으로 해 봐. 계속 받지 않으면 별장에 있는 거니까."

"네, 알겠습니다."

"빨리 친구를 찾았으면 좋겠네."

"네."

"그럼 다마이 씨, 내 또 오리다."

"몸조리 잘하세요."

스즈키 할머니와 나는 인사를 하고 병실을 나왔다.

스즈키 할머니가 점심을 먹자고 했다. 식욕은 없었지만 알았다고 하고는 뒤를 따랐다. 어디 아는 식당이 있

는 줄 알았는데, 스즈키 할머니가 들어간 곳은 병원 식당이었다.

커다란 창문으로 햇살이 환하게 비치고 병원 직원과 문병객이 식사를 하고 있었다.

"정식이 괜찮을 것 같은데, 뭐로 할까?"

이렇게 물으면 정식으로 할 수밖에 없다. 스즈키 할머니가 식권을 사줬다. 이제 더 이상 돈을 낼 생각도 없다. 스즈키 할머니가 하자는 대로 따르기로 했다.

채소 볶음과 구운 생선, 작은 접시에는 딤섬이 두 개, 그리고 된장국. 급식이 생각나 식욕이 더 없어졌는데, 먹어보니 의외로 맛있다. 한 입 먹고 나니 그때서야 배가 고프다는 사실을 깨닫고 정신없이 먹었다.

"아이고, 이제야 기운이 나나 보네."

스즈키 할머니가 기뻐했다.

"제가 기운이 없었어요?"

"좀 전까지 풀이 죽었잖아."

사실 유키에를 찾는 것이 싫어졌다. 다 팽개치고 싶다.

"기운내야지."

"네, 그럴게요."

"유키에한테 직접 이야기를 들어보지 않는 한 아무것도 모르는 거야. 무슨 생각으로 이 아르바이트를 했는지

도 알 수 없어.”

“그건 그래요.”

“당연히 그래야지. 친구잖아? 그럼 믿어야지.”

친구. 정말로 그럴까? 또다시 맥이 풀린다.

“그것보다 난 조금 걱정이 되네.”

“걱정이요?”

“난 ‘대리손자’ 서비스를 이용해봐서 알아. 아무리 손자 역할을 하는 사람이 열심히 한다고 해도 어차피 가짜잖아. 당연한 말이지만 진짜 손자는 아니거든. 우리 손녀 하나와 유키에는 달라. 유키에는 결코 하나가 될 수 없지.”

스즈키 할머니는 조금 생각한 뒤 말을 이었다.

“나야 몇 시간만 손자를 빌렸으니까, 그냥 받아들이고 즐겁게 보냈어. 하지만 사카키 씨는 대리 손녀와 함께 별장에서 지내는 거잖아. 가짜라고 생각하면서 유키에와 긴 시간을 함께 보낸다면 어떤 기분일지…….”

사카키 씨는 유키에가 마음에 들지 않을 수도 있다. 유키에는 진짜 손녀가 아니다. 어차피 가짜. 아르바이트로 온 여자아이일 뿐이다. 아무리 열심히 사카키 씨가 바라는 손녀를 연기한다고 해도 아닌 건 아니다. 필요 없으니 돌아가라고 할 가능성도 있다. 그렇게 됐을 때

상처를 받는 건 유키에다.

상처를 받는 것으로 끝나면 그나마 다행이다. '대리 손자'의 목적이 빈 집을 터는 데 있다면, 그 일의 주모자는 사카키 씨와 유키에가 예정대로 별장에 있기를 바랄 것이다. 이미 털었든, 예정 중이든, 어쨌든 사카키 씨가 도쿄에 돌아오는 날짜가 늦으면 늦을수록 좋다.

"빨리 유키에 학생을 찾아." 스즈키 할머니가 말했다.

"그래야죠."

"그러려면 기운을 내야지. 자, 이거 더 먹어."

스즈키 할머니는 자기 접시에 있는 딤섬 한 개를 내 접시에 올려놓았다.

스즈키 할머니와 병원 앞 버스정류장에서 헤어졌다. 스즈키 할머니는 집으로, 난 역으로. 하지만 이 만남이 이걸로 끝이라는 생각은 들지 않는다. 스즈키 할머니와 다시 만날 예감이 든다. 아니, 내가 찾아갈 것 같다.

병원에 있는 동안 꺼두었던 휴대전화를 확인했다. 착신기록이 있다. 분고다. 전화를 걸으니 바로 받았다.

"아, 나기 학생."

"시노자키하고는 연락을 하셨나요?"

"하기는 했는데, 시노자키 군이 세미나 신청서에 적은 연락처는 집 전화였어. 그래서 집으로 전화를 걸었더

니 어머니가 시노자키 군은 친구 집을 전전하고 있다고
하더군."

"어머니한테 휴대전화 번호를 묻지 그러셨어요?"

"그랬는데, 어머니 말씀대로 받지를 않았어."

"어머니 말씀대로요?"

"시노자키 군은 받고 싶은 전화만 받나 봐. 그래서 어
머니가 아무리 전화를 해도 받지 않는다고 해."

과연.

"메일주소는요?"

"친구들한테만 알려주고 어머니한테는 알려주지 않
았대. 그리고 시노자키 군은 메일주소도 자주 바꾼다고
하더라고."

흔히 있는 일이다. 누군가와 관계를 끊고 싶거나, 따
돌릴 때 메일주소를 변경해 새 주소를 알려주면 된다.
이러다 보면 '안녕'이란 단어도 사라져버릴지 모른다.

"일단 어머니한테 나기 학생 연락처는 말해뒀어."

"고맙습니다."

"별 도움이 못 돼서 미안한걸."

분고가 미안해하는 것 같다. 내 태도가 너무 퉁명스러
웠나? 그런데 목소리만 들었는데도 그의 달콤한 미소가
전해졌다. 신기하다.

“아니요, 많은 도움이 됐어요.”

최대한 감사하는 기분을 담아 인사했다.

시노자키가 ‘대리손자’의 일원이라면 지금쯤 어디서 무엇을 하고 있을까?

버스에서 내려 전화를 걸었다. 조금 전에 다마이 할머니가 가르쳐준 사카키 할머니 집이다. 네 번 정도 발신음이 울린 뒤 부재중 전화로 바뀌었다. 역시 별장에 간 것일까? 그 다음에 마스터의 휴대전화로 걸었다. 영업 시간이라 받지 않을지도 모른다고 생각했는데, 의외로 바로 받았다.

“어때?”

“지금, 전화 괜찮아요?”

“잠깐만, 사무실로 가는 중이니까.”

이동하는 소리가 들린다.

잠시 기다렸다가 시노자키와 연락을 못 한 일, 스즈키 할머니 집에서 발견한 도청기, 다마이 할머니에게 들은 사카키 할머니의 이야기 등을 보고했다.

“도청기?” 마스터의 목소리가 한층 낮아졌다.

“틀림없어?”

“아마도. 가지고 갈 테니 나중에 봐요.”

“알았어. 도청기까지 설치하다니 악질인데. 그러면서

손에 넣은 건 고작 십수만 엔 정도이고. 이렇게 시간을 들여 위험한 짓을 한 것에 비하면 많은 액수라고는 할 수 없지. 놀이 감각이나 취미일 수도 있겠어.”

“취미? 놀이? 유키에가 그런 놀이를 하며 기뻐할 리가 없어요.”

“유키에는 모르지 않을까?”

“네?”

“아마 유키에는 도청기가 장착된 사실도 모르고 화분을 가져갔을 거야. 자기도 모르게 사건에 연루된 거지.”

“정말 그렇게 생각해요?”

왠지 멍청한 질문이 되어 버렸다. 하지만 유키에한테 악의가 없었다는 사실을 누군가에게 보장받고 싶었다.

“유키에는 손녀 역할을 하는 데 열심이었어. 그 밖의 일은 생각하지 않았을 거야. 블로그에서 모델이나 부잣집 딸의 생활방식을 공부했다고 했지? 상당히 착실하게 준비했잖아. 도둑을 위해 그런 일을 하리라고는 생각하지 않아.”

“네.”

“유키에는 ‘대리손자’라는 아르바이트에 어떤 의심도 없을 거야. 지금도 사카키 할머니와 함께 있으면서 열심히 손녀 역할을 하고 있겠지. 악의는 일절 없어. 하지만

뒤에서 조정하는 사람은 아니야. 사카키 할머니의 부재를 노려 금품을 훔치려고 할 거야.”

뒤에서 조정하는 사람.

시노자키일까? 헤실거리는 얼굴 뒤에 사악한 의도를 숨기고 있을까?

“하지만 그렇게 쉽게 될까? 일주일 정도 별장에 머문다면 집단속에 신경을 쓰지 않았겠어? 말을 들어보면 사카키 할머니는 상당한 재산가인 것 같은데, 그런 사람은 대체로 귀중품을 집에 두고 나가지 않아. 은행의 대여금고를 빌리거나 하지. 부재중에 집을 뒤져도 별다른 것이 나오지 않을 텐데.”

“그러면요?”

“집에 남은 것들 중에 뭐가 있는지는 모르겠지만, 현금이나 귀중품이 있다면 그걸 훔치거나, 아니면 장식품이나 가구, 전기제품을 훔칠지도 모르지. 그렇게 되면 일이 꽤 커지는데.”

“그렇죠?”

“아무튼 도둑은 항상 사카키 할머니의 동향을 알려고 할 거야. 사카키 할머니는 별장에 일주일 정도 머문다고 했지만 확실하게 정하지 않았잖아. 금세 돌아올 가능성도 있는 이런 애매한 상황은 도둑질을 하려는 사람한테

매우 두려운 일이지. 그렇기 때문에 이번에도 도청기를 장착했을 가능성이 높아. 만일의 경우 유키에가 그것을 안다면?"

"깜짝 놀라겠죠. 충격을 받든가, 분노에 휩싸이든가, 두려움에 떨든가."

"맞아. 놀이 감각으로 도둑질을 즐겼던 사람은 흥이 깨질 거야. 너무 진지해지면 곤란하니까."

이런 상황에 어떻게 진지해지지 않을 수 있을까! 그리고 유키에는 원래 진지한 아이다.

"아무튼 사카키 씨가 지금 별장에 있는지 먼저 확인하는 게 좋겠어. 집은 부재중이라고 했지?"

"네."

"집 주소는 알아?"

"네, 들었어요."

"그럼 직접 찾아가보는 게 어떨까? 일주일씩이나 집을 비운다면 이웃집에 뭔가 말을 해뒀을지도 모르니까."

"알았어요. 또 연락할게요."

전화를 끊고 역 안에 있는 책방에 가서 스기나미구의 지도를 샀다.

지하철을 타고 하마다야마 역까지 갔다. 역에 내려서야 그저께 내린 게릴라성 호우가 생각났다. 가장 피해가

컸던 곳이 이곳 스기나미구였다. 집이 침수된 곳도 있다고 했다. 서둘러 가재도구만 싸들고 나와 우왕좌왕하던 사람들을 뉴스에서 봤다.

내가 사는 시부야구와는 인접한 곳인데 이렇게도 상황이 틀리다니. 다이칸야마 거리는 다음날 비가 그치자 다시 원래대로 돌아왔지만, 이곳은 아직 호우가 할퀴고 간 자국이 남아 있다. 역 앞 건물이나 상점 벽에는 마른 흙이 붙어 있고, 주차장에 세워둔 차는 진흙투성이다. 그 중에는 세차를 해서 깨끗해진 차도 있지만 몇 안 된다. 도로를 오가는 작업용 트럭이 많이 보인다.

역 앞 거리를 조금 벗어나 주택가로 들어서니 피해는 더욱 심각했다. 베란다나 정원에 이불이나 발판, 쿠션, 인형 등 물건들을 내놓고 말리고 있다. 집 앞에 양동이를 내놓은 집도 많다. 얼마 전까지 물을 푸는 데 썼던 것 같다.

사카키 할머니 집은 언덕 위에 있었다. 침수피해는 면한 것 같지만, 수도관이나 가스관에 문제가 생겼는지 길에는 긴급보수차량이 있다. 그래서 지금은 일방통행인 상태다.

인터폰을 눌렀지만 대답이 없다. 다시 한 번 눌렀다. 이번에는 사카키 할머니 집으로 전화를 걸어봤다. 자동

응답기가 돌아간다. 역시 없는 것 같다.

마지막으로 다시 인터폰을 누르려는데, 날 부르는 목소리가 들렸다. 옆집 주부가 차를 빼려고 주차장 문을 열고 있다.

"사카키 씨 댁에 왔니?"

이럴 때를 대비해 할 말을 생각해두었다.

"저희 할머니하고 사카키 할머니가 친구세요. 제가 요 근처에 올 일이 있다고 할머니한테 말씀드리자, 그럼 사카키 할머니 댁에 가보라고 하셔서요."

"아아, 집중호우 때문에 걱정이 되셨구나."

주부는 자기 멋대로 해석을 한다.

"네."

"사카키 씨는 지금 가루이자와에 계신데."

"별장에요?"

"가루이자와에서 집중호우가 내린 걸 알고 걱정이 되셨는지 우리 집으로 전화가 왔어. 여기는 지대가 높아서 괜찮다고 말씀드렸지."

"피해가 없어서 다행이에요. 혹시 사카키 할머니 별장 전화번호 아세요? 주소라도 괜찮고요."

"미안하지만 거기까지는 모르겠는데. 학생 할머니가 아시지 않을까?"

“아, 할머니가 아시겠네요.” 살짝 화제를 돌렸다.

“참, 요 앞에서 공사를 하던데요.”

“아, 그거? 수도국에서 나왔어. 이번 호우로 물이 엄청나게 지하로 흘러들어가는 바람에 낡은 수도관이 파열됐다나 봐. 어제까지 급수차가 왔었어.”

“그랬어요?”

“철야 복구 작업을 했지.”

“이제 다 고쳤나요?”

“아직 녹물이 나와. 마시는 물은 생수여서 괜찮지만, 빨래나 목욕물 때문에 이만저만 힘든 게 아냐.”

“그렇겠네요.”

“다시 공사를 하는 모양인데, 빨리 고쳤으면 좋겠어. 날도 더운데 물까지 안 나오니 원. 사카키 씨가 때맞춰 별장에 잘 가신 거지 뭐.”

“사카키 할머니는 언제까지 계신대요?”

글쎄, 아줌마는 고개를 갸웃했다.

“일주일 정도일까요?” 내가 말했다.

“그럴지도 모르겠네. 해마다 그 정도였으니까.”

주부는 살짝 웃고는 차에 탔다. 난 가볍게 인사를 하고 그곳을 떠났다.

사카키 할머니는 가루이자와 별장에 갔다. 그리고 또

알게 된 사실. 사카키 할머니 집 앞에는 수도관 복구 작업 때문에 긴급보수차량이 있었다. 그것도 밤새도록.

도둑 입장에서 생각해봤다. 사카키 할머니의 부재를 확인하고 집에 숨어들었지만, 마스터의 말대로 재산가인 할머니는 귀중품을 은행 대여금고에 맡겨서 가져갈 만한 것이 없었다. 그럼 그 다음으로 집에 있는 물건을 훔치려고 하겠지. 가구나 전기제품, 그림이나 도자기를 가져갈 수도 있다. 이미 발 빠르게 옮겼을 가능성도 있지만, 그렇지 않을 수도 있다.

부피가 있는 물건을 훔치려면 준비가 필요하다. 차나 사람을 준비해서 다시 노릴 수도 있다. 어쨌든 범인은 사카키 할머니가 일주일 동안 부재중인 사실을 알고 있으니 서두를 필요는 없다.

그런데 도둑이 여유롭게 준비하는 동안에 스기나미 구에 집중호우가 내려 침입할 새가 없었다. 비는 그쳤지만 집 앞에는 긴급보수차량이 있고 사람들의 눈이 있다. 그럼 사카키 할머니 집은 아직 무사하다는 말이 된다.

범인은 오늘이나 내일 밤에 작업을 하려고 계획하지 않을까? 그래서 방해가 된 내가 놀이가 끝날 때까지 얌전히 있도록 시부야에서 그런 짓을 한 게 아닐까?

아마도 범인은 절실히 바랄 것이다.

사카키 할머니가 예정보다 빨리 돌아오지 않도록.

그래서 유키에의 역할이 더욱 중요하다. 유키에가 자신의 진짜 역할이 무엇인지 모르더라도 사카키 할머니를 가루이자와에 붙잡아두는 건 손녀 역할을 하는 유키에한테 달렸으니까.

상황은 한심했지만, 컨디션이 좋지 않아 다이칸야마로 돌아가기로 했다. 어젯밤에 이상한 약물을 맡아서 그런지 몸이 무겁다. 그렇다고 집에 돌아갈 수는 없어서 지드로 갔다.

뒷문을 통해 사무실로 들어가 소파에 누웠다. 마스터의 휴대전화로 사무실에 있다는 메일을 보냈다. 5분 정도 지나자 문이 열리고 마스터가 들어왔다. 내가 소파에 누워 있는 것을 보자 미간을 좁힌다.

"왜 그래?"

"조금 피곤해서요."

마스터는 주저 없이 내 이마에 손을 댔다.

"이마가 뜨거운데? 괜찮아?"

"괜찮아요. 조금 쉬면 나을 거예요."

마스터는 미심쩍은 눈으로 봤지만 아무 말도 하지 않았다. 몸을 일으켜 오늘 알게 된 사실을 보고했다.

"사카키 할머니는 가루이자와에 있어요. 그런데 집

앞에 수도 공사 차량이 있었어요.”

게릴라성 호우의 피해, 복구 작업, 내가 추측한 도둑의 행동에 대해 연이어 말했다. 마스터는 가만히 듣다가 내가 말을 마치자 중얼거렸다.

“도둑이 조급해할 가능성도 있겠군.”

“네.”

“조급할 때는 주의력이 산만해지지. 놈에게 뜨거운 맛을 보여줄 좋은 기회일지도 몰라. 하지만 그 전에 유키에를 찾아야 하는데.”

“그래서 가루이자와에 가려고요.”

나도 모르게 말이 나왔다. 말하고 나니 마음이 점점 다급해진다. 빨리 가야 한다. 한시라도 빨리.

“사카키 할머니 별장이 어디에 있는지 알아?”

“물어볼 사람이 있어요. 분명히 알려줄 거예요.”

휴대전화를 꺼내 기호코에게 메일을 보냈다. 기호코라면 가루이자와에 별장을 가진 사람들 중에 아는 사람이 있을 것이다. 사카키 할머니가 소유한 별장이 가루이자와 어디에 있는지 알고 싶다고, 썼다 지우기를 몇 번이나 반복했다. 내가 생각하는 것 이상으로 몸이 지쳤다. 긴장을 풀면 눈꺼풀이 내려올 것 같다. 간신히 필요한 사항을 입력하고 메일을 보냈다.

날 계속 지켜보던 마스터가 말했다.

"안색이 나빠."

선반 안쪽에 있던 구급상자에서 체온계를 꺼냈다.

"열을 재보자."

그리고 사무실을 나가더니 레몬에이드를 들고 왔다.

"이거 마셔."

"고마워요."

입에 대니 너무 뜨거워 조금씩 핥듯이 마셨다. 새콤달콤한 레몬에이드.

체온계가 삐 하고 소리를 냈다. 38.5도. 생각보다 높다. 마스터는 체온계를 보더니 하얀색 알약을 건네줬다.

"무리하면 안 돼. 해열제를 먹고 좀 자는 게 좋겠어."

약을 먹고 순순히 소파에 누웠다.

"미안해요. 바쁠 텐데."

"미안하다는 말만 하지 말고 남한테 기대는 법도 배워봐."

나 자신도 믿어지지 않을 만큼 요 며칠 마스터에게 기대기만 했는데도 그런 말을 들으니 놀랍다.

"아무튼 지금은 자. 한숨 푹 자면서 땀을 빼면 열도 내릴 거야. 갈아입을 옷도 줄 테니까."

"알았어요."

"뭐 필요한 거 없어?"

아무것도 없다는 식으로 고개를 저었지만, 생각을 고치고 사과를 달라고 했다.

"알았어. 일어날 쯤에 가지고 올게."

"간 사과가 좋겠는데."

마스터는 살짝 웃으며 알았다고 하고는 나갔다.

제대로 응석을 부렸나 생각하는 동안 잠이 들어버렸다. 눈을 뜨고 보니 땀을 무척 많이 흘렸다.

꿈속에서 유키에를 찾아 여기저기를 헤맸다. 꿈속에서 난 시종일관 초조해했다. 서두르지 않으면 두 번 다시 유키에를 볼 수가 없다. 영원히. 가슴이 타들어가는 초조함이 아빠와 헤어졌을 때 기분과 닮았다.

'아빠는 언제나 나기의 아빠야. 만나고 싶을 때는 언제든 만날 수 있어. 무슨 일이 있으면 아빠한테 말해.'

엄마와 이혼을 결정한 아빠가 한 말이다. 하지만 만나고 싶을 때 언제든 만날 수 있다는 말은 거짓말이었다. 도대체 언제 아빠를 만나고 싶은지 알 수가 없었다. 늘 만나고 싶기도 했지만 만나지 않아도 될 것 같았다. 또 무슨 일이 생기면 말하라고 했지만, 그 무슨 일이 구체적으로 뭔지도 모르겠어서, 결국 내가 먼저 아빠에게 만나고 싶다고 한 적은 없었다. 졸업식이나 입학식 때면

아빠는 전화를 걸거나 선물을 보냈다. 하지만 그뿐이다.

떨어져 살아도 상대를 생각하고 변함없이 애정을 쏟을 수 있지만, 옆에 없으면 절대로 전할 수 없는 것도 있다. 아빠가 무슨 일이 생기면 말하라고 했던 '무슨 일'과는 상반되는 것. 아무 일도 일어나지 않는 평범한 일상. 남에게 말할 정도가 아닌 그냥 사소한 일상의 기복. 혼자서 견디고 이겨낼 수 있는 자잘한 실망이나 좌절. 어쩌다 느끼는 고독. 이런 것들은 옆에 있는 사람에게만 전할 수 있고 또 전해진다.

비척비척 일어나 화장실에 갔다 온 뒤 옷을 갈아입었다. 아직도 몸이 약간 무겁지만, 해열제 덕분에 기분이 많이 좋아졌다. 시계를 보니 오후 6시가 넘었다. 생각보다 오래 잤다.

휴대전화를 보니 기호코가 메일을 보냈다.

✉ 아는 분께 사카키 할머님 별장을 물어볼게요. 시간을 조금만 줘요.

기호코는 내가 자는 동안은 물론이고 지금도 아는 사람들에게 물어보고 있겠지. 그때 메일 착신음이 울렸다. 서둘러 열어보니 기호코도, 유키에도 아닌 엄마였다.

✉ 오늘밤 신칸센을 타고 올라갈 건데 몇 시에 잘 거야?

나도 모르게 한숨이 나온다.

또다.

무슨 일인지는 모르겠지만, 사귀는 남자와 잘 안 된 모양이다. 몇 시에 잘 거냐고 물을 때는 자기가 돌아갈 때까지 기다려달라는 말이다. 내 말 좀 들어달라는 뜻.

여느 때라면 충분히 들어주겠지만 지금은 그럴 기분이 아니다. 마음의 여유가 없다.

✉ 엄마, 미안. 지금 가루이자와에 있는 친구 별장에 와있어. 돌아가면 얘기 들을게.

사카키 할머니 별장 소재지를 아는 대로 갈 생각이기 때문에 거짓말은 아니다. 엄마에게서 바로 메일이 왔다.

✉ 가루이자와? 와, 좋겠다! 역시 학생은 좋아. 재미있게 놀다와.

친구라니 누구? 그런 일이 있으면 먼저 엄마한테 말했어야지! 보통 부모가 할 법한 소리를 하지 않는 건 엄마의 좋은 점이기도 하다. 하지만 이것은 엄마가 양육에

서 손을 뗐다는 의미이기도 하다.

엄마와 메일을 주고받으면서 유키에 엄마가 떠올랐다. 그 뒤로는 연락을 하지 않았는데 어떻게 지낼까? 그다지 내키지는 않지만 전화를 걸어보기로 했다.

"그래, 나기구나." 유키에 엄마의 첫마디.

"유키에한테서 연락은 있었나요?"

"아니. 주소록에 있는 친구들한테 물어봤는데도 전부 모른대. 경찰도 별 신경 쓰지 않는 것 같고. 남편한테 말해도 본인이 일주일 후에 돌아온다고 했으니까 기다려보라는 말뿐이야. 정말 무책임한 사람이지."

"그랬군요."

"너한테는 무슨 연락 온 것 없니?"

"아뇨……."

몇 가지 알아낸 사실은 있지만, 아직 말할 때가 아니라고 생각했다. 쓸데없이 일이 더 커질 수도 있다.

"내가 잘못 키웠나봐." 유키에 엄마가 혼잣말을 했다.

"네?"

"지금까지 우리 유키에는 말대꾸 한 번 하지 않았어. 요즘 들어 자기 방에 있는 시간이 많아지기는 했지만, 그거야 사춘기니까 그러려니 했거든. 나기는 어떠니?"

엄마와 내 생활에 대해 자세히 설명하자니 귀찮아서

그냥 무난한 대답을 했다.

"유키에는 반항을 하거나 불평불만을 말한 적이 없었어. 마음속에 담아두었는지는 모르겠지만. 그래도 내가 힘든 건 알 거야. 집안일에 아르바이트에 할아버지 뒤치다꺼리에 부녀회 일에 정신이 없거든. 유키에는 정말 손이 가지 않는 착실한 아이였어. 그런데 왜 이런 일이 일어난 걸까. 대체 어디서부터 잘못된 건지……."

별로 문제는 없어보였지만 말로 하지는 않았다. 엄마의 가정교육이 어떻든 간에 돌발행동을 할 때는 한다. 그건 자기 자신의 문제다. 모든 일을 엄마의 양육방식으로 돌리는 건 옳지 않다. 우리도 엄연히 의무교육을 받았고, 이제 어린아이가 아니다. 자기가 할 일은 스스로 정한다.

유키에 엄마의 하소연을 조금 듣다가 전화를 끊자 마침 메일이 도착했다. 기호코다.

✉ 기다리게 해서 미안해요. 사카키 할머님 별장 주소를 알았어요. 가루이자와 오아자나가쿠라…….

간결한 메일이지만 이걸로 충분하다.

✉ 정말 고마워요.

✉ 도움이 된 것 같으니 다행이에요. 그럼 가루이자와
로 갈 생각인가요?

✉ 내일 가려고요. 유키에가 그곳에 있을 지도 모르니
까요.

✉ 그래요? 정말 그랬으면 좋겠네요. 그리고 미리님이
내 블로그에 글을 남겼어요. 물론 저도 답글을 남겼고
요. 미리님도 유키에 씨 일로 걱정을 많이 했어요.

미리와 기호코가 연락을 주고받았구나. 조금 기뻤다.

✉ 그 밖에 또 도와드릴 일 없나요?

기호코에게서 다시 메일이 왔다. 기호코는 부모님을
통해 아는 사람이 상당히 많은 모양이다. 조금 생각해보
고 염치없지만 부탁하기로 했다. 메일에 그 내용을 적어
보내자 즉시 답변이 왔다. 알았다며 짤막하게.

비록 엄마는 저렇지만 난 든든한 친구들이 많다고 생
각하다가 순간 놀랐다. 친구? 겨우 한 번 만났을 뿐이
다. 나머지는 몇 번 메일 교환한 게 전부. 그런 상대를

친구라고 불러도 될까? 그렇지 않아도 친구라고 부를만
한 사람이 적은데. 그래도 달리 부를 말이 떠오르지 않
았다.

이때 문을 노크하고 마스터가 들어왔다.

"몸은 좀 어때?"

"이제 괜찮아요. 사카키 할머니 별장 주소를 알아서
기분이 좋아요."

"아, 그래?"

기호코의 메일을 마스터에게 보여줬다.

"내일 가야겠지?" 마스터가 말했다.

"네, 내일 가보려고요."

"가보려고 하는 게 아니라, 함께 가요라고 해야지."

"네?"

"나도 같이 갈 거야. 작은아버지께 말해서, 여기 주인
이 작은아버지거든, 내일 휴가를 받았어. 그러니까 가게
는 괜찮아."

"하지만……."

"이미 결정 난 사항이야."

그러고 보니 링컨 라임이 현장에 나간 적도 있었다.
믿을 수 있는 누군가가 함께 가준다니 마음이 든든하다.

"자, 이거 먹어."

마스터가 내민 밀폐용기 안에는 약간 갈색으로 변한 간 사과가 들어 있다. 스푼으로 떠먹었다.

"내일 할 일에 대해 이야기하자." 마스터가 말했다.

여기에도 믿을 만한 친구가 또 한 명 있다.

차 지붕에 큼지막하게 영국 국기가 그려진 미니쿠퍼를 타고 중앙고속도로를 달렸다. 문득 한가롭게 드라이브 중이라는 착각이 든다. 하지만 그런 여유를 누릴 때가 아니다.

유키에는 어떻게 하고 있을까? 왜 메일도 전화도 연결되지 않는 걸까?

"나기는 가루이자와에 대해 잘 알아?"

"아뇨, 별로. 예전에는 자주 갔지만."

아빠가 있었을 때는 아빠와 함께, 엄마 아빠가 이혼을 한 뒤로는 엄마 애인과 함께 여름마다 가루이자와에 있는 만페이 호텔에 갔다. 자전거를 빌려 근처를 돌았다. 배가 고프면 소시지 가게에서 핫도그를 사먹으며 엄마와 아빠, 혹은 엄마의 애인은 맥주를 마셨고, 나는 우유

를 마셨다. 하지만 중학교에 들어가면서 오지 않게 되었다. 엄마도 최근에는 오지 않는 것 같다.

"마스터는요?"

"나도 작은아버지 별장에 자주 놀러 갔지만, 어릴 적 일이라서 기억에 남는 건 그저 널따란 별장 거실과 구모바 연못의 오리 정도야."

"나도 그래요. 연못의 오리 보는 거 좋아했는데."

귀여운 새끼오리가 어미 뒤를 열심히 쫓아가는 모습을 흥미롭게 봤다. 아무리 봐도 질리지 않았다.

마스터도 그 오리를 봤을까? 내가 봤던 오리는 마스터가 봤던 오리의 손자였을지도 모른다.

"그 오리들 지금도 있을까?" 마스터가 중얼거렸다.

"있겠죠?"

"무사히 유키에를 만나면 오리 보러 가자."

"그래요."

대답한 순간 온몸에 전율이 일었다. 오리 이야기를 할 때 이러는 건 우습지만 앞으로 할 일을 생각하니 흥분된다. 하지만 솔직히 말해서 긴장되고 무섭다. 시부야에서 이상한 약물 냄새를 맡고 기절한 게 타격이 컸다.

이렇다 할 무기를 소지한 것도 아니고 힘이 세지도 않다. 게다가 위험한 상황을 헤쳐 나온 경험도 없는 여고

생이다. 그나마 마스터가 함께 와줘서 의지가 되지만 역시 무섭다. 그렇지만 지금 여기서 무섭다고 포기한다면 평생 후회할 것 같다. 한심스러운 자신을 혐오하며 계속 나 자신을 믿지 못할지도 모른다.

그렇다. 결국에는 날 위한 일이다. 유키에를 위한다고 말하고 있지만 나 자신이 납득하고 싶어서 움직이는 것이다. 자기만족. 이게 좋은 건지 나쁜 건지는 모르겠지만, 무슨 일이 기다리고 있다 해도 결정한 것은 나 자신이다. 그것만은 틀림없다.

"의외인데?" 마스터가 약간 웃으며 말했다.

"네?"

"나기가 다리를 떨다니."

아아, 창피해라. 황급히 멈췄다.

"괜찮을 거야." 마스터는 앞을 본 채 말한다. "분명히."

"네."

"참, 그렇지."

"왜요?"

"글러브박스를 열어봐."

열어보니 작은 비닐 봉투가 들어 있다.

"깜박할 뻔했어. 녹지 않았는지 모르겠네."

꺼내서 안을 들여다보니 보냉제와 함께 초콜릿이 들

어있다. 내가 좋아하는 카카오 80%.

"괜찮아요. 녹지 않았어요."

약간 부드러워 진 것 같기는 하지만.

"먹어봐. 마음이 진정될 거야."

벌써 입 안에 넣었다.

　나는 별장족이 아니다. 그래서 가루이자와의 극히 일부분, 만페이 호텔 주변과 구 가루긴자의 화려하고 번화한 곳밖에 알지 못한다. 그런데 지금 가는 사카키 할머니의 별장 주변은 깊은 숲에 둘러싸여 어둑하다. 여름방학인데 인적이 드물고 차도 뜸하다. 새소리가 맑은 공기를 가로지른다.

　작은 길로 들어서자 좌우로 단아한 분위기의 별장이 이어진다. 새 것은 아니지만 가족이나 친구들의 소중한 추억이 깃든 건물이다. 즐거운 시간을 간직한 여름 집이 반짝거렸다.

　사카키 할머니의 별장도 그 중 하나였다. 아담하지만 정원은 넓었다. 그곳에 가든 테이블이 펼쳐져 있다.

　마스터가 갓길에 차를 세웠다. 순서는 미리 청해뒀다. 도둑과 도청기에 대해 유키에는 모른다는 전제하에 행동하기로 했다.

처음에 별장을 방문하는 건 마스터에게 부탁했다. 내가 가면 보나마나 유키에가 놀라서 소리를 지를 테니까. 가능한 신속하게 일을 처리해야 한다. 지금까지의 일들을 적은 편지를 유키에에게 전달하기로 했다.

"갔다 올 테니까 나기는 여기에 숨어 있어."

마스터가 차에서 내렸다.

괜찮을까? 별장에는 유키에와 사카키 할머니만 있을까? 혹시라도 내게 약물 냄새를 맡게 했던 나쁜 놈들이 있으면 어쩌지?

불안해서 미칠 것 같았지만 지금은 유키에한테 들키지 않도록 시트에 몸을 숨기는 수밖에 없다.

"블루펜슬에서 왔습니다. 가사하라 유키에 씨를 만나고 싶습니다만." 마스터의 목소리가 들린다.

인터폰에 나온 사카키 할머니에게 봉사단체인 블루펜슬이라는 이름을 쓰기로 미리 정해뒀다. 여자 목소리가 들린다. 사카키 할머니인 것 같다. 잠시 뒤, 무슨 일이냐고 묻는 또 다른 여자의 목소리가 들렸다.

유키에다.

유키에가 여기에 있다.

그것만으로도 기뻐서 뛰쳐나가고 싶을 정도다. 그런데 이렇게 몸을 숨길 수밖에 없다니.

“네?”

의아해하는 유키에의 목소리 뒤에 침묵이 흘렀다.

마스터에게 받은 내 편지를 읽고 있는 모양이다. 편지에는 별장 어딘가에 도청기가 설치되어 있을지도 모르니 다른 말은 하지 말고 차로 와달라고 썼다. 그리고 마지막에는 내 이름을 적었다.

유키에가 편지를 다 읽었을 무렵, 난 몸을 일으켜 차창 밖으로 몸을 내밀었다. 현관에 서서 이쪽을 보는 유키에와 눈이 맞았다. 유키에가 작게 탄성을 질렀고 난 검지를 입술에 대고 조용히 하라는 신호를 보냈다. 그리고 손짓을 했다. 유키에는 다시 한 번 마스터를 보고는 차를 향해 천천히 걷기 시작했다.

유키에는 볼이 꺼진 매우 지친 얼굴로 야위어 보였다. 문을 열고 들어오라고 손짓을 했다.

“나기.” 유키에가 말했다.

“만나서 다행이야.” 진심으로 말했다.

“잘 있었어? 몸은 괜찮고?”

“그렇게 좋은 편은 아니지만 괜찮아.”

“그래.” 마음이 놓였다.

“어쩐 일이야?”

“너희 엄마한테서 전화가 왔어. 네가 어디 있는지 모

르겠다고. 그런데 널 찾다가 생각지도 못한 일을 알게 됐어. 자세한 설명은 나중에 할 테니까, 우선 사카키 할머니를 모시고 나와. 만페이 호텔에서 차를 마시자고 하든지 무슨 핑계를 대서라도 자연스럽게 밖으로 나왔으면 좋겠어. 할 수 있겠어?"

유키에는 아직도 반신반의한 얼굴이다.

"장난으로 이러는 거 아니니까, 내 말 믿어." 힘주어 말했다.

유키에는 가만히 날 보더니 차에서 내려 별장으로 돌아갔다. 잠시 후 사카키 할머니의 모습이 보이자 마음이 놓였다. 짧은 단발에 마른 체구의 사카키 할머니는 할머니라 부르기가 죄송할 정도로 젊고 지적인 분위기다. 하지만 눈매가 날카롭다. 아마 성격도 그렇겠지.

"깜짝 놀랐네. 대체 무슨 일이지?" 차에서 내린 나를 향해 책망하듯 말했다.

"우선 차에 타세요. 장소를 옮겨서 천천히 말씀드릴게요." 마스터가 말했다.

"이렇게 작은 차에 네 명이나 탄다고?" 불만스러운 목소리다.

"죄송합니다."

마스터는 문을 열고 타기를 재촉했다.

"설마 이상한 곳으로 데려갈 생각은 아니지?" 사카키 할머니가 말했다.

"걱정 마세요."

"유키에 학생, 정말 아는 사람이야?"

"네, 맞아요. 할머님, 차에 타세요."

유키에가 재촉하자 그때서야 차에 올랐다.

마스터는 조용히 차를 출발시켰다. 15분쯤 지나 만페이 호텔에 도착했다. 호텔의 클래식한 분위기에 마음이 놓였다. 긴장도 풀어졌다. 주차장에 차를 세우고 카페테라스로 갔다. 창가 테이블로 안내를 받아 각자 커피와 홍차를 시키고 나서야 서로의 얼굴을 제대로 볼 수 있었다.

유키에를 만나 이렇게 얼굴을 마주하고 있다. 목적의 절반은 이뤘다. 하지만 긴장을 늦출 수는 없다. 사카키 할머니가 의심스러운 눈초리로 나와 마스터를 본다.

"놀라게 해드려 죄송합니다." 마스터가 말했다.

"그러게 얼마나 놀랐는지. 도청기가 있으니 다른 말은 하지 말고 자연스럽게 나가라고 전부 종이에 써서 보여줬으니 말이에요. 스파이 영화도 아니고." 사카키 할머니는 말이 빨랐다.

"별장 어딘가에 도청기가 설치되어 있어서 그럴 수밖에 없었습니다."

“아무리 그래도 너무 갑작스러워서. 그건 그렇고 어떻게 유키에 학생하고 내가 여기 있는 걸 알았지요?”

입원 중인 다마이 할머니에게 ‘대리손자’ 서비스를 이용할 예정이었고, 지금은 가루이자와 별장에 있을 것 같다는 말을 들었다고 했다. 별장 주소는 지인에게 들었다는 것도.

“정말 우리 별장에 도청기가 있다고?”

“네.”

예전에 ‘대리손자’ 서비스를 이용했던 집에 도청기가 설치되어 주인의 부재를 틈타 도둑이 들었다는 말을 하자 유키에가 깜짝 놀랐다.

“뭐!”

“세타가야에 사는 스즈키 할머니 기억해?”

“물론이지. 올 봄에 거기 갔는걸.”

“튤립 화분을 갖고 갔지? 그 화분에 도청기가 있었어.”

“말도 안 돼!”

“사실이야.”

“하지만 어떻게.”

“넌 전혀 몰랐어?”

유키에는 아무 말 없이 고개를 옆으로 저었다.

“너한테 화분을 준 사람이 누구야? 누가 가지고 가라

고 했어?”

유키에는 대답이 없다.

“‘대리손자’ 책임자 말인데, 혹시 시노자키라는 사람 아니니?”

“뭐?” 유키에가 눈을 크게 떴다.

“지금 이게 무슨 말이지? 알아듣게 설명을 좀 해봐.” 사카키 할머니가 중간에 말을 가로막았다.

“우리 별장에 도청기가 설치되었다니?”

“‘대리손자’ 서비스를 계획했던 사람은 처음부터 빈 집털이가 목적이었던 것 같아요. 그리고 이번 목표는 사카키 할머니예요. 일주일씩이나 스기나미 집을 비우니까요.”

“뭐? 우리 집에 도둑이 들었다고?” 스즈키 할머니 목소리가 커졌다.

“이미 털었을 가능성도 있지만, 지금까지 정황을 보건대 앞으로 털 예정이 아닐까 싶어요.”

시부야에서 이상한 약물 냄새를 맡고 정신을 잃었던 일, 게릴라성 호우 때문에 요 며칠 스기나미구가 여느 때와는 다른 상황이라는 점, 사카키 할머니 집 앞에 복구차량이 있어서 도둑이 들기는 어려웠을 거라는 사실을 전했다.

“그러면 범인은 오늘밤을 노린다?”

“아마도요.”

“그런데 훔칠 물건이 있어야지. 스기나미 집에는 아무것도 없어.”

역시라는 표정으로 마스터가 고개를 끄덕인다.

“금품이 없다면 장식품이나 전기제품을 가져갈지도 모르겠네요.”

“장식품이라고 해봤자 대단한 것도 없고 전기제품은 거의 낡았어. 훔쳐봤자 오히려 처분하기만 곤란하지. 그래도 집 안을 헤집는 건 싫은데. 찜찜해라.”

“바로 도쿄로 돌아가시겠어요?”

사카키 할머니는 질문에 대답하지 않고 잠자코 나를 보았다.

“학생은 유키에 학생 친구?”

“같은 반이에요. 미우라 나기입니다.”

“나기 학생? 흐음.”

사카키 할머니는 물건을 감정하듯 날 본다.

“기왕이면 학생이 내 손녀가 됐으면 좋았을 걸.”

“전 아르바이트 안 해요.”

퉁명스럽게 대답했는데도 사카키 할머니는 기분 나쁘하기는커녕 오히려 웃으며 말한다.

"그렇겠지. 그런 느낌이야."

유키에가 고개를 숙인다. 유키에를 힘들게 한 사카키 할머니가 미워진다. 하지만 내 생각 따위는 아랑곳하지 않고 말을 이었다.

"괜찮은 사람은 '대리손자' 같은 이상한 아르바이트는 하지 않을 테니까."

말이 너무 심하잖아.

그 자리에 있기가 불편했던지 유키에가 화장실에 갔다 온다며 일어섰다. 그 뒷모습을 보며 사카키 할머니가 말했다.

"분위기가 틀려도 보통 틀려야지. 유키에 학생을 내 손녀라고 생각하려 해도 도저히 무리야. 일주일씩이나 같이 있어야 하니 얼굴이나 알아두자 싶어서 사진을 보내달라고 했어. 내 손녀와는 조금 다른 느낌이었지만, 센스 있는 옷을 입고 있어서 멋을 아는 학생인 것 같았지, 그래서 부탁했고. 그런데 도쿄역에서 만났을 때 아차 싶지 뭐야. 생각보다 훨씬 작은 몸집에 내성적으로 보였거든. 가루이자와에 와서 하루를 보내고는 안 되겠다 싶어서 중간에 취소할까 했어. 유키에 학생을 돌려보내고 나도 도쿄로 돌아가려고. 그런데 유키에 학생이 조금만 더 손녀 역할을 하게 해달라고 하도 부탁을 해서

망설이던 참에 스기나미구에 호우가 내렸다고 하잖아. 지금 가봤자 생활도 불편할 것 같아서 어쩔 수 없이 이렇게 있게 된 거지. 유키에 학생이 나쁘다는 게 아니라 늘 내 눈치를 살피는 행동이 왠지 산뜻하지 못하다는 소리야."

산뜻? 그런 건 있어도 그만, 없어도 그만 아닌가? 애당초 손녀를 빌린 것도 그렇고, 빌린 손녀를 트집 잡는 당신도 산뜻하지는 않아.

"내일 도쿄로 돌아갈 예정이었는데, 빨리 가는 편이 좋겠네. 이거 원 겁나서." 사카키 할머니가 말했다.

"네, 단지."

그때 유키에가 화장실에서 돌아왔는데 눈가가 빨갛다. 운 모양이다. 가슴이 아프다.

"정말이니? 정말로 스즈키 할머니 댁에 도둑이 들었어?" 유키에는 꺼질 듯한 목소리로 말했다.

"응."

"어떻게 그런 일이……."

뭐라고 위로의 말을 할까 생각하는데 휴대전화가 울렸다. 미등록 번호다. 유키에에게 양해를 구하고 전화를 받았다.

"여보세요, 나기 씨 계십니까?"

사무적인 말투의 여자 목소리다.

"전데요."

"여긴 세타가야구 구민센터 사무소예요."

무슨 일일까?

"지난번 우리 센터에서 열린 세미나에 참가하셨죠?"

"네."

"세미나는 어떠셨어요?"

이번에는 전화 설문조사인가? 짜증이 나려는 순간, 직원이 말을 이었다.

"별다른 문제는 없었나요? 불쾌한 일이든가."

"불쾌한 일이오?"

"특별히 없었다면 다행입니다만, 젊은 남자가 나기 씨 뒤를 따라가는 것을 봤다는 직원이 있어서요."

시노자키다. 사무실에서 휴대전화 충전을 하고 나오는 데 시노자키가 내 뒤를 따라왔다.

"그런 일은 있었어요. 세미나에 참가했던 시노자키라는 대학생이오."

"역시." 여자는 이 말을 하고 입을 다물었다

"그게 왜요?"

"실은 다른 세미나에 참가했던 젊은 여성분이 어제 전화를 주셨어요. 세미나에 나온 남자한테 불려나가 이

상한 일을 당할 뻔했다고요. 그래서 이런 일이 다른 세미나에서도 일어나지 않았나 싶어 젊은 여성 참가자 분께 확인 전화를 하고 있어요."

"시노자키라는 사람은 여러 여자에게 말을 걸었나 보군요."

"그런 것 같아요. 그 사람은 우리 센터에서 열린 각종 세미나에 참가해 젊은 여성만 보면 말을 걸었어요."

순순히 따라오는 여자가 있으면 친구를 불러 나쁜 짓을 하려던 심산이었을지도 모른다.

"경찰에 연락은 했나요?"

"아뇨. 아직 거기까지는. 지금은 우선 확인 작업 중이에요. 전화를 주신 분도 일이 크게 번지는 걸 원치 않는다고 해서."

실제로 시노자키가 무슨 짓을 어떻게 했는지 알 수 없기 때문에 섣불리 판단하기는 어렵지만, 여자 쪽도 무방비했을 수 있다.

"본인도 순순히 인정하고 반성하고 있다고 해서 좋게 합의하지 않을까 싶어요."

"순순히 인정하고 반성한다고요? 시노자키와 직접 통화를 했나요?"

"네, 어제 집에 전화를 걸어서 통화했어요."

“네? 집에 있었어요?”

“네. 어제부터 집에서 근신 중이에요. 부모님의 감독 아래.”

시노자키와 연락이 안 된다. 휴대전화로 전화를 하고 메일을 보내도 시노자키는 연락하고 싶은 상대하고만 통화하기 때문에 연결이 안 된다. 분고가 그렇게 말했다.

그런데 시노자키는 집에서 근신 중이라고? 이건 무슨 일인가? 전화기를 잡은 채 생각했다.

“그럼 나기 씨는 특별히 불쾌한 일이 없었다는 거죠?” 센터 직원이 확인한다.

“네.”

전화를 끊자마자 유키에에게 물었다.

“다시 한 번 묻겠는데, ‘대리손자’ 책임자가 누구야? 시노자키는 아니지?”

“시노자키가 누구야?”

유키에가 머뭇거리며 물었다.

“블루펜슬 세미나에 왔던 대학생인데, 젊은 여자만 보면 괜히 친한 척 말을 걸곤 해.”

“아아, 그 사람. 생각났어. 블루펜슬 여자 스태프한테도 그랬어.”

“시노자키가 불러낸 여자한테서 구민 센터로 항의가

들어왔대. 그래서 나도 피해를 입지 않았느냐고 확인 전화가 온 거야.”

“너도 세미나에 갔었어?”

“응, 널 찾으러.”

“그랬구나.”

“시노자키는 너에 대해 아는 것처럼 말했는데, 혹시 말을 걸지 않았어?”

유키에는 어깨를 움츠릴 뿐이다.

“시노자키는 ‘대리손자’ 아르바이트생이 아니야?”

“말도 안 돼. 그랬다가는 ‘대리손자’ 평판이 떨어지게. 그런 경박한 사람이 아르바이트생이라니.”

경박한 아르바이트생과 빈집털이 중 어느 쪽이 평판이 떨어지는 일일까?

“‘대리손자’는 노인들에게 즐거운 시간을 드리고자 시작한 서비스야. 그래서 아르바이트생도 착실한 사람들로 모았고.”

“넌 그렇게 믿었구나.”

“노인들이 활기차게 생활할 수 있도록 돕는 게 목적이라고 했어.”

“그렇게 분고 씨가 말했어?”

유키에가 깜짝 놀라며 침을 삼킨다. 볼이 약간 발그레

해졌다.

"분고 씨지?" 다시 한 번 물었다.

유키에는 아무 말도 하지 않았지만 표정이 모든 걸 말해준다. 분고밖에 없다. 시노자키 같은 건 처음부터 유키에가 상대조차 하지 않았을 테니까.

분고는 나에게 거짓말을 했다. 시노자키 집에 전화를 걸었지만 연락이 안 된다고. 사실 시노자키는 집에서 근신 중이었다. 분고는 애당초 전화 같은 건 걸지도 않았을 것이다. 내가 시노자키를 의심하는 걸 알고 이용한 것뿐이다. 그 친절한 말투, 전화로도 전해졌던 달콤한 분위기. 모든 게 가짜다.

"네가 분고 씨를 어떻게 알아?" 유키에가 물었다.

"블루펜슬 세미나에서 만났어."

"젊은데도 지식이 풍부하고 훌륭한 사람이지?"

적어도 유키에는 그렇게 믿었겠지.

"블루펜슬은 음악치료나 동물요법 등의 세미나를 주최하는 봉사활동 단체인데, 거기서 '대리손자'라는 서비스가 생겼어. 세미나를 여는 것만으로는 할 수 있는 일이 한정되어 있다면서."

그렇겠지. 세미나를 열어 노인들의 정보를 모았을 것이다. 거기서 '대리손자'의 손님이 될 만한 사람, 빈집털

이의 목표를 찾은 건 아닐까?

"분고 씨가 날 스카우트했어." 유키에가 조금 부끄러운 듯 그러면서도 자랑스럽게 말했다. "세미나가 끝난 뒤에 회장에 남아 노트를 정리하고 있을 때 분고 씨가 말을 걸어왔어."

학생, 아주 열심인데?

분고의 목소리가 들리는 것 같다.

"블루펜슬 스태프가 '대리손자'에도 관여해?"

유키에는 고개를 저었다.

"아니 그쪽과는 전혀 달라. 이쪽은 봉사활동이 아니라 유료 서비스잖아. 그러니까 스태프의 자질도 다르다고 했어. 돈을 받는 이상 서비스 정신이랄까, 프로 의식 같은 것이 필요하다고 분고 씨가 말했어. '대리손자' 쪽에는 나 말고도 아르바이트생이 몇 명 더 있는 것 같아. 다들 손자 역할을 제대로 하기 위해 열심히 노력하고 있어. 그런데 빈집털이가 목적이라고? 그런 바보 같은 소리가 어디 있어."

유키에의 눈에 점점 눈물이 고인다.

"분고 씨가 얼마나 많은 걸 가르쳐줬는데." 유키에가 말했다.

대체 분고라는 남자는 유키에에게 뭘 가르쳐줬을까?

지금 알 수 있는 건, 유키에가 분고에게 빠져 있다는 사실이다. 분고의 수려한 외모도 큰 영향을 미쳤을 것이다. 그 얼굴에 다정한 말을 하면 여자의 마음을 사로잡을 확률도 높을 테지.

'그를 위해, 좀 더 큰 목적을 위해.'

미리에게 전했던 유키에의 말이 떠올랐다. 그 마음을 생각하면 분고에 대한 원망이 더욱 커진다.

고개를 숙인 유키에의 어깨가 떨렸다. 이렇게 울면 곤란하다. 지금은 그럴 때가 아니다.

"한 가지 계획이 있어."

좀 전에 하다 만 이야기를 다시 꺼냈다.

유키에와 사카키 할머니가 나를 본다.

"지금쯤 도둑은 무척 당황스러울 거야. 우리가 가루이자와에 나타나 사카키 할머니가 예정보다 빨리 도쿄로 돌아갈 지도 모르니까. 그러면 빈 집을 털 절호의 기회를 놓치게 되거든. 물론 포기한다는 선택을 할 수도 있지만 난 도둑이 서둘러서 일을 하지 않을까 싶어. 밤까지 기다리지 않고."

사카키 할머니의 별장을 찾았을 때 블루펜슬이라고 했다. 도청기에 들리라고 한 계산이었다.

그 시점에서 나도 마스터도 시노자키를 의심했다. 시

노자키가 '대리손자'의 일원으로 빈집털이의 주모자라고 생각했다.

시노자키에게 블루펜슬은 노인들을 대상으로 봉사활동을 하는 단체에 지나지 않는다. 그 일원이 사카키 할머니 별장을 방문했다면 이상하다고 생각할지 몰라도 특별히 의심할 거라는 생각은 하지 않았다. 사카키 할머니도 노인이니까 이상할 이유가 없다.

하지만 상대는 시노자키가 아니라 분고였다. 상대가 분고라면 우리의 말이 큰 자극이 됐을 것이다. 우리가 블루펜슬의 일원이 아니라는 건 확실하니까.

대체 누구일까?

도청기로 마스터의 목소리를 들은 분고는 뭔가 예상 밖의 일이 일어났다는 사실을 깨닫고, 내가 유키에를 찾아다니다 구사부에 할머니에게서 스즈키 할머니, 사카키 할머니로 이어지는 실마리를 찾았다고 생각할 것이다. '대리손자'와 빈집털이 건이 드러났을 가능성에 생각이 미친 분고는 크게 당황할 것이 틀림없다.

이제 사카키 할머니의 스기나미 집을 포기하든가, 아니면 밤까지 기다리지 않고 서둘러 행동에 옮기든가 둘 중 하나다. 하지만 후자일 가능성이 높다고 판단했다. 분고에게는 빈집털이가 놀이이자 취미이기 때문에 겁을

내고 포기한다면 흥이 깨진다. 오히려 후자가 만족감이
나 스릴감을 느낄 수 있을지도 모른다.

"스기나미 집에는 값나가는 물건이 없다고 하셨죠?"
마스터가 확인했다.

"그럼요, 토지 권리증 같은 건 모두 대여금고에 맡겨
뒀으니까."

"다행이네요."

나는 마스터에게 동의하듯 고개를 끄덕였다.

"경찰이 스기나미 집 근처에 있을 거예요. 범인이 눈
치 못 채게 동태를 살피도록 부탁해놨거든요."

기호코 아버지의 지인을 통해 수상한 움직임이 있으
면 즉시 조치하도록 경찰에 부탁해뒀다.

"오, 경찰도 있어? 그 말을 들으니 안심이 되네."

이제야 마음을 놓은 듯 사카키 할머니가 의자에 등을
기댔다.

"그렇게 값나가는 건 아니지만 도자기도 있고, 낡기
는 했어도 전기제품을 도둑맞으면 생활하기 불편하니
까. 나머지는 거의 들고 다닐 수 있어서 가지고 다니니
괜찮아." 자신만만하게 말했다.

"들고 다녀요?"

"가지고 다닌다고요?"

마스터하고 내가 반사적으로 질문을 했다.

"그럼." 사카키 할머니가 여유 있게 웃었다.

"무슨 뜻이죠?"

"통장이나 도장, 보석류는 여행갈 때 다 가지고 다녀."

"별장에도요?"

"물론이지."

"그럼 지금은요?" 마스터가 급하게 물었다.

"그러니까 별장에 있다고. 원래는 가방에 넣고 다니지만, 당신네들이 갑자기 나타나서 놀라는 바람에 침실에 두고 왔지 뭐예요. 그렇지?"

유키에에게 동의를 구하기에 깜짝 놀랐다.

"어째서 유키에도 알고 있어요?"

"이 나이가 되니 하도 깜박깜박해서 중요한 물건을 어디에 뒀는지 잘 잊어버리거든. 어제도 정기예금 통장을 둔 장소를 몰라서 유키에하고 같이 찾았어."

"그래서 어디에 뒀어요?"

"휴대용 화장품 케이스 안." 유키에가 말했다.

"그래그래. 맞아. 찾아서 다행이었어."

사카키 할머니는 기쁜 듯 웃었다.

유키에가 나를 슬쩍 보며 조용하게 속삭였다.

"정말 다행이었어. 만일 찾지 못했으면 내가 의심받

았을지도 몰라."

"유키에 학생, 뭘 그렇게 소곤거리지?" 사카키 할머니가 주의를 줬다.

"아무것도 아닙니다."

"내가 유키에 학생을 의심한 적이 있었나?"

유키에의 말이 들렸나 보다.

"그런 적은 없지만, 절 믿는다는 자신이 없었어요. 할머님의 손녀 역할을 제대로 하지 못했으니까요. 나기 같은 손녀였으면 좋았을 텐데."

사카키 할머니가 입을 다문다.

"아무리 열심히 해도 안 됐어요. 분위기가 너무 틀리니 어쩔 수 없었지만요. 분고 씨한테 빨리 돌아가는 편이 좋을 것 같다고 상담을 했어요. 사사키 할머님 마음에 들지 않았으니까요. 하지만 분고 씨가 기운내서 열심히 하라고 했고 게다가 일부러 시간을 내서 내려온다고 하기에 그때까지만."

"잠깐만!" 난 급히 유키에의 말을 잘랐다. "지금 뭐라고 했어?"

"어?" 유키에가 멍하니 내 얼굴을 봤다.

"분고 씨가 내려온다고?"

"응."

“언제?”

“정확한 날짜는 말하지 않았지만, 사카키 할머님이 내일 도쿄로 돌아갈 예정인 건 알고 있어.”

오늘이다.

“이런, 어서 가자!”

마스터가 일어섰고 나도 서둘러 뒤를 따랐다. 유키에와 사카키 할머니가 우물쭈물하기에 빨리 가자고 재촉했다.

“왜 그래? 어디를 가는데?” 유키에가 물었다.

“유키에, 아직도 모르겠어? 제발 정신 좀 차려!”

나도 모르게 소리를 질렀다. 유키에의 겁에 질린 얼굴을 보고 난 다시 부드럽게 설명했다.

“도둑은 사카키 할머니가 가지고 온 물건을 노리고 있어. 그런데 그 물건이 별장에 있다는 사실은 이미 도청기를 통해서 알려졌다고. 분고 씨는 지금 가루이자와에 왔을지도 몰라.”

도둑의 목적은 스기나미 집이라고 생각해서 그쪽에만 신경을 썼다. 그런데 범인은 처음부터 별장을 노리고 있었다. 범인은 사카키 할머니가 귀중품을 둔 채로 별장을 비울 기회를 기다렸을 텐데 우리가 범인에게 절호의 기회를 준 셈이다.

자동차 조수석에는 사카키 할머니가 앉았다. 사카키 할머니가 좁아터진 뒷좌석은 답답하다고 했기 때문이다. 유키에와 나는 뒷좌석에 앉았다.

"왜 메일도 전화도 받지 않았니?"

사카키 할머니 별장으로 가는 길에 물었다. 뭔가 말을 하지 않으면 비명을 지를 것만 같았고 계속 궁금했던 점이기도 하다.

"휴대전화가 고장이 났어."

왠지 맥이 빠진다.

"사카키 할머니하고 가루이자와에 가기 전에 분고 씨를 만났어. 일주일이나 계속되는 일은 처음이었으니까 상의를 하려고."

"분고 씨하고 상의를 할 때 휴대전화가 고장 났어?"

사실은 분고가 망가뜨렸냐고 묻고 싶었지만 그 말은 하지 않았다.

"응. 분고 씨가 화장실에 갔다가 실수로 내 휴대전화를 물에 빠뜨렸대. 그래도 사용할 수 있으니까 그냥 달라고 했는데, 연락이 안 되면 곤란하다면서 분고 씨가 휴대전화를 빌려줬어."

"빌려줬다고?"

"분고 씨는 휴대전화가 두 대거든. 그래서 그 중 하나

를 빌려줬어.”

“그럼 네 휴대전화는?”

“수리를 맡긴다고 했어.”

전부 분고의 짓이다.

“내 휴대전화가 아니면 등록된 사람들하고 전화나 메일을 할 수 없지만, 그래도 별로 상관없다고 생각했어. 가루이자와에 있는 동안은 분고 씨하고만 연락하면 되니까. 그 편이 일에 집중할 수 있어서 손녀 역할을 하는데 도움이 될 거라고 생각했고.”

“메일을 얼마나 많이 보냈는데.”

“네가 그렇게 걱정할 줄은 몰랐어.”

“난 그렇다 쳐도 엄마한테는 전화를 했어야지.”

“엄마한테는 처음부터 전화할 생각이 없었어. 그리고 일주일 후에 오겠다는 메모를 남겼으니까 괜찮을 거라고 생각했어.”

“너희 엄마가 걱정을 많이 하셨어.”

“아아, 그랬구나.”

“네가 사라진 날 우리 집에 전화를 거셨어.”

“혹시 우리 엄마가 할아버지를 죽이지 않았니?”

유키에의 말에 차 안에 있던 모두가 숨을 멈췄다.

“유키에, 그게 무슨 말이야?”

유키에는 처음 보는 냉소적인 미소를 지으며 말했다.

"할아버지와 단 둘이 있으면 엄마가 견디지 못하고 폭발할 줄 알았거든. 그렇게 돼도 어쩔 수 없지만."

"유키에 학생은 할아버지하고 함께 살아?" 조수석에 있던 사카키 할머니가 물었다.

"네, 우리 할아버지는 머리가 이상해요."

등골이 오싹하다. 유키에는 태연하게 말을 이었다.

"그날그날 다른 사람이 돼요. 기분이 좋은 날은 용돈을 듬뿍 주다가, 기분이 나쁜 날은 욕을 하며 소리를 지르고 물건을 집어던지기도 해요."

"나이를 먹으면 다들 그렇게 돼. 감정 기복이 심해지거든." 사카키 할머니가 힘없이 말했다.

"그런 것 같아요. 세미나에 나가고 이 아르바이트를 하면서 우리 할아버지만 특별한 사람이 아니라는 사실을 알았어요. 하지만 역시 한 집에서 생활하면 견디기 힘들어요. 제일 비겁한 사람이 우리 아빠예요. 할아버지와 함께 살기 시작한 지 얼마 안 돼서 지방발령을 받았으니까요. 아빠는 어쩌다보니 발령이 났다고 했지만 분명히 자기가 원해서 그런 거예요. 혼자서 마음대로 살고 싶었겠죠. 우리 엄마가 그렇게 된 것도 당연해요."

"그렇게 됐다니, 너희 엄마한테 무슨 문제라도 있어?"

다소 강제적이고 자기중심적인 면도 있지만 지나친 정도는 아니다.

"늘 나한테 할아버지 욕을 했어. 계속 집에 있으면 내 뒤를 따라다니며 푸념을 해. 할아버지가 무슨 말을 했다, 뭘 했다, 그 날 있던 일 모두를. 그것도 아주 심한 말로 할아버지를 무시하고 경멸해. 엄마는 나한테 그렇게 하면서 스트레스를 풀고 자신을 추스르려고 하는 것 같았지만, 그런 말을 듣는 난 견디기 힘들었어. 정말 싫었어. 엄마 말을 듣고 있으면 내가 미쳐버릴 것만 같았어."

"그랬구나."

"내가 사회복지학과에 가고 싶다고 했더니 엄마가 비웃었어. 유별나다나? 그러고는 심하게 반대했지. 뭣 하러 노인네를 상대하는 일을 하냐며. 영문학과 같은 데 가서 일류기업에 취직하고, 명품 옷이나 가방을 사는 편이 훨씬 낫다고 했어."

"일리는 있네." 유키에가 째려봤다.

"난 내가 한심스러웠어. 엄마한테 계속 할아버지 욕을 듣다 보니까, 어느새 나도 할아버지를 혐오하게 된 거야. 대체 몇 살까지 살 건가 빨리 죽어버렸으면 좋겠다고 생각한 적도 있어. 할아버지만 없으면 엄마의 불평을 듣지 않을 테니까. 그런데 할아버지는 내가 어릴 적

에 정말 다정하셨어. 재미있는 이야기도 많이 해주셨고. 그걸 생각하면 할아버지를 미워하는 내가 너무 싫어서 견딜 수가 없어. 이런 나 자신을 바꾸고 싶어.”

“그래서 대학에서 사회복지학과를 가고 싶다고 생각했구나?” 사카키 할머니가 조용히 물었다.

“네. 제대로 공부를 한다면 변할 수 있을 거라고 생각했어요. 세미나에 나간 것도 같은 이유였고 ‘대리손자’ 아르바이트를 해보니 자신이 생겼어요. 이런 경험을 쌓는다면 우리 할아버지도 좋아하고 잘 돌봐드릴 수 있지 않을까 하고요. 사카키 할머님과 함께 가루이자와에 온 것도 그 연습과도 같은 거였어요. 일주일은 길잖아요. 이걸 극복한다면 제 자신이 한 단계 발전할 거라고 생각했어요.”

아무도 말을 하지 않았다.

난 유키에 집에서 만났던 할아버지를 떠올렸다. 허리가 거의 직각으로 굽었고 완고한 표정이었다. 냉장고에서 보리차를 꺼내 혼자만 마셨지.

유키에의 집은 아빠가 지방근무라고는 하지만, 부모님이 모두 있고 할아버지도 함께 산다. 그런데 고독하다. 엄마와 둘이서 사는 나와는 또 다른 고독이다. 사카키 할머니도 다정한 스즈키 할머니도 모두 고독하다. 왜

모두 이렇게 혼자일까?

"이쯤에서 세울게요."

마스터는 사카키 할머니 별장에서 조금 떨어진 곳에 차를 세웠다.

"별장 열쇠를 주세요."

사카키 할머니가 가방에서 열쇠를 꺼내 마스터에게 넘겼다.

"현관 말고 뒷문이 있어요. 나올 때 모두 잠갔지만. 현관 열쇠는 여기 큰 거고, 뒷문은 이거예요." 사카키 할머니가 설명했다.

"알겠습니다. 동태를 살피고 올 테니 여기 있어요." 우리 셋을 보며 말했다.

"싫어요, 나도 갈래요."

마스터가 말렸지만 난 이미 차에서 내렸다. 유키에와 사카키 할머니를 차에 남겨두고 별장에 다가갔다. 밖에서 보기에는 별다른 변화가 없다.

몸을 숙여 정원을 지난 마스터는 먼저 현관문을 잡았다. 잠겨있다. 이번에는 뒷문으로 갔다. 별장 뒤쪽은 자작나무 숲이다. 하얀 나무껍질과 파릇파릇한 잎의 조화가 매우 아름답다. 싱그러운 숲속 잔디에 시원한 바람이 분다. 이런 상황이 아니라면 흠뻑 취했을 경관이다.

마스터가 뒷문을 열어본다. 열렸다. 우리가 오기 전에 누군가 문을 열었고 그 사람은 지금 안에 있다.

문을 열자, 망가진 우산과 빗자루가 걸려 있는 것이 보였다. 마스터는 우산을, 난 빗자루를 손에 쥐었다. 주의를 기울이며 조용히 안으로 들어갔다. 뒷문을 통해 부엌을 지나자 짧은 복도가 나오고 그 앞에 계단이 보였다. 우리는 숨을 죽이며 한 계단씩 올라갔다.

2층에서 조용히 움직이는 소리가 났다. 서랍을 열고 닫는 듯하다. 마스터가 눈으로 위를 가리켰다. 고개를 끄덕이며 조용히 계단을 올랐다. 2층에는 방이 2개 있었고 소리는 안쪽 방에서 들렸다.

계단을 다 오르자 마스터가 내 오른손을 살짝 잡았다.

"여기 있어." 낮은 소리로 말했다.

마스터는 대답도 듣지 않고 발소리를 죽이며 복도로 걸어가 안쪽 방문에 귀를 댔다. 그리고 기세 좋게 문을 열었다.

"앗!" 남자의 놀란 목소리.

"꼼짝 마!" 마스터가 소리를 쳤다.

그 순간 엄청난 기세로 남자가 뛰어나왔다. 분고다. 손에는 무언가를 들고 있다. 작은 노트 같은 것. 사카키 할머니의 예금통장인가?

　뒤쫓아 온 마스터가 분고를 넘어뜨리고 그 위를 덮쳐 꼼짝 못하게 제압했다. 그 순간 분고는 몸을 뒤틀어 마스터의 배를 찼고 비명을 지른 마스터가 몸을 구부렸다. 난 들고 있던 빗자루로 도망치는 분고를 내리쳤지만 큰 충격은 받지 않은 것 같았다. 분고가 오른팔을 내밀어 날 밀치려고 했고 빗자루로 그 손을 떨쳐냈다. 다시 일어선 마스터가 뒤에서 분고에게 달려들었다. 두 사람의 몸이 복도를 뒹굴고 벽에 부딪쳐 둔탁한 소리를 냈다. 분고가 다시 다리를 들었다. 마스터는 다리를 피하려다 그 반동으로 몸이 계단 쪽으로 튕겨나갔다.

　"위험해요!"

　난 필사적으로 마스터의 몸을 잡았다. 마스터는 아슬아슬하게 떨어지지 않았고 분고는 그 틈을 놓치지 않았다. 계단을 뛰어내려 뒷문을 통해 밖으로 나갔다. 마스터가 바로 뒤쫓았다.

　그때 문 밖에서 철컥 하는 금속음이 들렸다.

　"이거 놔!" 소리치는 사람은 분고의 목소리다.

　"놓기는 뭘 놔! 어서 물어내!" 다른 남자의 목소리가 들렸다.

　서로 옥신각신하는 것 같다. 밖에 나가보니, 체격이 우람한 남자가 분고의 오른팔을 감아올리고 있다. 발밑

에 떨어진 건 카메라. 분고가 무시무시한 얼굴로 남자를
노려본다.

"다들 진정해요."

마르고 키가 큰 여자가 여유로운 말투로 말했다.

마스터도 합세해서 분고를 잡았다. 체격이 우람한 남
자는 가방에서 전깃줄 같은 걸 꺼내 분고의 팔을 감았다.

"이게 무슨 짓이야, 이거 못 놔!"

분고가 발버둥을 쳤다. 입이 뒤틀어지고 눈을 치켜떴
다. 말끔한 용모가 순식간에 없어진다. 유키에가 보지
않아서 다행이다.

"저기, 혹시 나기?"

분위기에 어울리지 않는 즐거운 말투로 키가 큰 여자
가 말을 걸었다.

"그런데 누구?"

"나 미리야!"

"뭐?"

"미리라니까. 별장에서 촬영이 있다고 했지?"

"그래도 어떻게 여기에 있어?"

"그게 말하자면 길어. 그 전에 경찰을 부르자. 저 남자
악질이야. 남의 카메라를 부숴놓고 사과도 안 해. 게다가
손에는 통장까지 들고 말이야. 아무래도 도둑 같아."

같은 것이 아니라 도둑이다.

미리의 말을 들으니 온몸의 힘이 빠지고 다리가 풀렸다. 땅에 주저앉을 것만 같다.

"괜찮아?" 미리가 물었다.

"응, 그럭저럭."

아직도 빗자루를 쥐고 있다는 사실을 깨닫고 바닥에 놓았다. 심호흡을 두 번 한 뒤에 경찰서에 전화를 걸었다. 경찰이 도착할 때까지 분고는 남자 둘에게 맡기고 미리의 이야기를 듣기로 했다.

"기호코한테 오늘 네가 가루이자와에 간다고 들었어. 유키에도 있을지 모른다고 하더라고. 그래서 카메라맨한테 부탁을 해서 여기에 왔는데, 멋진 차작나무 숲이 있잖아. 카메라맨이 감탄하며 여기도 쓸 만하겠다고 해서 보러 온 거야. 촬영을 하려면 주인한테 먼저 허락을 받는 게 좋을 것 같아서 문 쪽으로 가고 있는데 갑자기 저 남자가 튀어나오잖아."

"그래서 카메라가 망가졌어?"

"응. 그랬는데 사과 한 마디 없이 도망가려고 해서 카메라맨이 확 열 받았지. 그 뒤로 네가 나왔고."

"그랬구나. 카메라맨도 너도 다치지 않아 다행이야."

"저 카메라맨 가라데 검은 띠야."

미리가 즐거운 듯 웃었다.

"실은 내 남자친구이기도 해."

"아하."

"저 사람이 네 남자친구?" 마스터를 눈으로 가리키며 미리가 물었다.

"남자친구가 아니라 그냥 친구야."

"친구? 흐음, 친구라는 말이 애매한데."

그때 유키에와 사카키 할머니가 다가왔다. 차 안에서 기다리자니 궁금했을 것이다. 분고를 잡았다고 말하자 유키에의 표정이 굳었다. 파리한 얼굴이 금방이라도 쓰러질 것 같다. 사카키 할머니가 살짝 유키에의 오른손을 잡았다.

"네가 스노위?" 미리가 물었다

유키에는 멍하니 고개만 끄덕였다.

"나 미리야. 내 블로그에 들렀지?"

"미리? 모델을 하는?"

"맞아."

"어떻게 여기를?"

"내가 여기 있는 이유는 나중에 나기한테 들어. 그래도 다행이야. 진짜 유키에를 만나서."

"나도." 작은 목소리로 유키에가 말했다. "역시 모델

은 키가 크고 날씬하구나. 아무리 내가 노력해도 미리처럼은 될 수 없어."

미리가 씩 웃으며 말했다.

"나도 너처럼 아담하고 귀여웠으면 할 때가 있어. 아니, 늘 생각한다니까. 꺽다리라고 놀림 받을 때마다."

"정말?"

"그럼. 유키에, 너 신발 사이즈가 몇이야?"

"230."

"진짜 좋겠다. 난 260이야. 내 발에 맞는 신발 찾는 게 얼마나 힘든지 아니."

그렇게 말하며 미리는 스니커를 신고 있는 오른발을 들어올렸다.

멀리서 경찰 사이렌 소리가 들린다.

"경찰에 넘기기 전에 분고 씨를 만나볼래?"

유키에를 바라보며 물었지만 고개를 가로저었다.

유키에를 만나면 구모바 연못에 가자고 말한 것도 까맣게 잊고 바로 도쿄로 돌아왔다. 돌아오는 길도 마스터와 나뿐이다. 유키에는 경찰서에서 조사를 받아야 하기 때문에 바로 돌아올 수 없었다. 유키에의 엄마가 가루이자와에 함께 있다. 그렇다면 유키에의 할아버지는 혼자인가? 걱정이 됐지만 내가 유키에 집을 갔을 때도 할아버

지는 혼자서 집을 지키고 있었고, 감정 기복이 있다고는 하지만 일상생활 정도는 가능해보였다. 우리 할아버지는 머리가 이상하다고 하는 유키에의 말이나, 할아버지를 대하는 유키에 엄마의 태도만 보면 혼자 둬서는 안 될 것 같지만, 의외로 혼자서도 잘 지낼 수 있을지 모른다.

돌아가는 차 안에서 마스터는 거의 아무 말도 하지 않았다. 나에게 자도 좋다고 했을 뿐이다. 하지만 잘 수가 없었다. 오디오에서 나오는 여성 보컬의 노래를 멍하니 들었다. 고속도로에서 바라보는 경치 하나하나가 갈 때와 다르게 보인다.

"푹 쉬어." 맨션 앞에 차를 세우고 마스터가 말했다.

"마스터도요. 오늘 고마웠어요."

또 마스터라고 불렀다. 차에서 내리다가 생각났다. 고쿠후 씨라고 이름을 부르기가 낯설다. 나에게 마스터는 마스터다.

집에 돌아왔을 때 사실 약간 각오를 했다. 엄마의 말을 들어줄 각오. 지금까지 그래 왔지만 남자와 헤어진 뒤의 엄마는 자포자기랄까, 상태가 심각해진다. 나라도 말이나 들어줘야겠다고 생각했는데, 다행스럽다고 해야 할지 엄마는 집에 없었다. 지난 밤 올라온다는 식으로 말했는데 예정을 변경한 듯하다. 여느 때 같으면 그냥

두겠지만 왠지 신경이 쓰여 메일을 보냈다.

✉ 어젯밤에 오지 않은 것 같은데, 어디 있어?

엄마에게서 바로 답이 왔다.

✉ 네가 없다고 하니까 집에 들어갈 마음이 없어졌어. 지금 엄마 어디 있는 줄 아니? 나고야. 도쿄역에서 도호쿠 신칸센을 타고 가다 도카이 신칸센으로 갈아타고 여기까지 왔어. 더운 여름에 미소니코미 우동(나고야 명물로 전골에 1인분씩 된장을 넣고 끓인 우동—옮긴이)도 이열치열로 좋지 않니? 우후후후.

우후후후?

남자와 헤어진 줄 알았더니 내 착각인 모양이다. 지금도 함께 있는 것 같다. 엄마가 사귀는 사람과 만난 적은 없지만, 엄마가 하자는 대로 미소니코미 우동을 먹으러 나고야까지 간 걸 보면 좋은 사람이다.

샤워를 하고 침대에 누웠다. 피곤하기는 해도 머릿속이 맑아 잠이 올 것 같지 않다.

침대에 누운 채 휴대전화로 기호코에게 메일을 보냈다. 스기나미의 사카키 할머니 집 부근을 감시했던 경찰

관한테는 가루이자와 경찰서에서 연락이 갔을 테니까 문제없겠지만, 기호코에게는 알려줄 의무가 있다. 경찰서 일과, 유키에를 만난 일, 별장에서 미리와 우연히 만난 일, 여러 모로 도움이 됐다는 감사 인사를 썼다.

✉ 모든 일이 잘 해결됐군요. 잘 됐어요. 안심이에요. 나기 씨도 편안하게 쉬어요. 수고 많았어요.

끝까지 예의바른 그녀의 대답이 매우 감동적이다.
휴대전화를 바라보며 생각했다.
그 밖에 메일을 보낼 사람이 없는지.
스즈키 할머니에게도 유키에를 만난 사실을 알리고 싶다. 하지만 스즈키 할머니는 휴대전화를 갖고 있지 않다. 집전화로 해야 하지만 일찍 잠자리에 들 테니 내일 아침에 하는 편이 좋을 것이다. 정말 잘 됐다며 좋아하시겠지.
마스터에게도 메일을 보낼까 생각했다. 고맙다는 인사도 제대로 하지 못했다. 게다가 구모바 연못에 가기로 한 것을 잊어버렸다는 말도 해야 한다. 하지만 메일보다는 직접 만나서 말하는 편이 좋을지도 모른다.
이것저것 생각하다 보니 정신이 더욱 맑아졌다. 일어

나서 부엌의 냉장고를 열어 초콜릿을 꺼냈다. 밤에 먹으면 살이 찌고 충치도 생긴다. 좋은 일은 하나도 없다. 하지만 정말 그럴까?

한 조각을 입에 넣었다.

가슴과 배의 경계, 명치 부분이 따뜻해진다.

살이 찐다 해도, 충치가 생긴다 해도 상관없다.

다시 한 조각을 넣었다.

문득 행복한 것 같다는 생각이 든다.

지드에는 그 세 여자가 또 찾아왔다. 이제는 완전히 단골이 되었다. 하지만 오늘은 테이블에 있다. 그녀들의 목적은 마스터에서 새로 들어온 테이블 담당으로 옮겨진 모양이다.

"외롭지 않아요?"

마스터가 웃었다.

"조금."

내가 삐친 표정을 짓자 다시 작은 소리로 말했다.

"농담이야. 저 손님들은 카운터 자리에는 맞지 않아. 테이블 자리로 옮겨서 다행이야."

난 다시 한가로운 카운터 자리에 앉을 수 있었다. 정연하게 늘어선 술병들이 조명을 받아 아름답게 반짝거린다.

　기호코를 통해 들은 말인데 분고는 자산가의 외동아들로 빈집털이를 할 이유가 없었다. 그의 부모도 복지 사업에 열심인 아들을 자랑스러워하며 지원을 아끼지 않았다. ‘대리손자’의 스태프도 도둑질에 가담했다고 생각했지만, 실제로는 분고 혼자서 했다고 한다. 빈집털이는 그에게 단순히 놀이였던 셈이다.

　“혼자 이것저것 생각하고 노력해서 어렵게 손에 넣었을 때의 쾌감을 떨쳐버릴 수 없었어요.”

　분고는 이렇게 빈집털이를 한 이유를 말했다.

　유키에는 좀처럼 분고의 실체를 받아들이려고 하지 않았다. 유키에는 동경의 대상인 분고를 조금이나마 가까이 하고 싶은 마음에 ‘대리손자’의 아르바이트도 시작한 것 같다.

　난 분고에 대해 아는 게 없다. 구민 센터에서 나눈 약간의 대화와 가루이자와의 사카키 할머니 별장에서 본 것이 전부다. 그래도 그 남자에게 어느 정도의 카리스마가 있고 거기에 유키에가 얼마나 빠졌을지도 충분히 상상이 된다.

　유키에는 지금도 분고를 좋아할지 모른다. 그에게 힘이 되어주고 싶다고 생각할 수도 있다. 그렇다 해도 난 막을 수 없다. 그건 유키에 스스로가 정할 일이다.

"아, 배고파."

내가 중얼거리자 마스터가 살짝 웃었다.

"뭣 좀 만들어줄까?"

"참을래요. 오면 다 함께 먹고 싶으니까."

"알았어. 그럼 우선 이거라도 먹어."

작은 접시에 초콜릿을 담아 주었다

오늘밤은 여기서 유키에, 미리, 기호코와 만나기로 했다. 가루이자와에서 돌아온 지 일주일이 지났을 무렵, 유키에는 모두에게 고맙다는 인사를 하고 싶다 말했고 내가 지드에서 만나자고 제안을 했다. 마스터의 수제 파스타를 모두에게 선보이고 싶었다.

가게 문이 열릴 때마다 뒤를 돌아본다. 아직 약속 시간이 되지 않았는데도.

빨리 왔으면.

누가 맨 처음 올까? 미리? 기호코? 아니, 역시 유키에일 거야. 어쩐지 마음이 설렌다. 한심하다고 생각하면서도 자꾸 안절부절 못 하며 주위를 둘러본다.

나고야에 미소니코미 우동을 먹으러 갔던 엄마는 다음날 돌아왔다. 약간 멍한 모습에 무슨 일이 있냐고 물어보자 갑자기 날 와락 끌어안았다.

"엄마 결혼 프러포즈 받았어!"

허탈.

또다. 전에도 이런 적이 있었다. 남자에게 프러포즈를 받고 황홀한 기분에 젖은 날들을 보내다가 결혼 직전에 어쩐 일인지 남자가 마음을 바꿨다. 그 다음 일을 생각하면 겁부터 난다.

이번에도 그렇게 되지 말라는 법이 없다. 그런 생각으로 난 각오를 다지지만 정작 본인은 완벽하게 평화로운 부처님 같은 얼굴을 하고 있다.

"글쎄, 그 남자가 날 혼자 둘 수 없다고 하지 뭐니."

그 남자는 아직 뭘 모르는군.

'혼자 둘 수 없다'에서 제발 '혼자 있게 해줘'로 바뀌는 날이 오리라는 걸.

엄마는 넋이 나간 말투로 이렇게 말했다.

"아아, 너무나 멋진 여름이야."

이후 얼굴을 마주할 기회가 없어서 그 남자와 진전, 혹은 후퇴가 있었는지는 아직 모른다.

테이블 자리에서 까르르 웃는 웃음소리가 들렸다. 세 여자와 테이블 담당이 담소를 나누고 있다. 여성 보컬의 노래가 순간적으로 사라졌지만 웃음소리가 멈추자 다시 부드러운 음성이 들렸다.

고요함과 술렁임. 이것이 세상의 전부다.

그 때 바람이 들어오고 문이 열렸다. 뒤를 돌아봤다.

“아!”

작은 탄성이 나왔다.

드디어 왔다.

나도 모르게 손을 흔들었다.

또 다시 명치 부분이 따뜻해진다.

열일곱, 사랑보다 우정이 목마른 나이

내 나이 열일곱 때 가장 소중한 존재는 여자친구들이었다. 그건 틀림없다. 물론 남자친구와 사귀는 것도 즐거웠지만 그보다 몇 배는 더 여자친구들이 소중했다.

남자친구가 지금 보고 싶다고 불러도 귀찮아서 싫다고 한 적은 있지만, 여자친구가 지금 볼 수 있냐고 전화라도 하면 바로 달려 나갔다. 실제로 그런 기억이 있다. 그 반대의 기억도.

내가 다녔던 고등학교는 남학생보다 여학생이 적었던 탓도 있겠지만, 친한 아이들끼리 그룹을 지어 몰려다니는 일은 없었다. 여학생은 각자 자기 길을 걷는 아이들이 많았던 것 같다. 모두 서클 활동이나 학원, 공부나 놀이, 혹은 혼자서 멍하니 있는 등, 각자 하는 일로 바빴기 때

문에 여자끼리 함께 보낼 시간은 그렇게 많지 않았다.

중요한 이야기나 조용히 상의해야 할 일이 있을 때는 여자 탈의실에 모이거나 하굣길에 커피숍에 모이기도 했지만, 그것도 아주 가끔이었다. 서로 간섭하지 않는 쿨한 관계였다.

그래도 도움을 청했던 적도 주었던 적도 있었다. 만약 그럴 때 돌아보지 않았다면 평생 나 자신을 용서하지 못했을 것이다.

연인끼리라면 좋아한다, 사랑한다는 말로 자기 마음을 전하고 서로의 마음을 확인할 수 있지만, 여자친구들에게는 널 너무나 좋아해, 널 정말로 소중하게 생각한다는 마음을 전하기가 매우 힘들다.

당시 난 여자친구들이 너무나 좋았다. 존경하고 동경했다. 하지만 그 마음을 제대로 전할 수 없었다. 어떻게 전해야 할지도 몰랐고, 지금도 여전히 잘 모른다. 그런 걸 잘하는 사람은 없을지도 모르겠지만 나이를 먹어도 가까운 사람에게 마음을 전하는 건 힘들다.

이 책을 읽은 독자 여러분의 마음에도 나와 같은 마음이 잠들어 있지 않을까 싶다. 소중한 사람에게 전하고 싶었지만 전하지 못했던 말, 지금도 전하고 싶은 말.

소설의 주인공, 나기는 친구 유키에를 위해 동분서주한다. 처음에는 어쩔 수 없이, 마지막에는 필사적으로, 말로 전하지 못한 마음을 열심히 행동으로 보여준다. 고독과 자기혐오, 때로는 실망하기도 하면서.

그런 나기를 응원해준다면 저자로서 더할 나위 없이 기쁘다. 그리고 앞으로도 나기의 성장을 기대해주길 바란다.

이번에 젊은 독자를 위한 작품을 쓸 기회를 주신 이론사의 고미야마 다미히토 씨와 작품이 완성될 때까지 늘 옆에서 힘이 되어주신 미쓰모리 유코 씨에게 이 자리를 빌려 감사의 마음을 전하고 싶다. 두 분 덕분에 나는 나기와 만날 수 있었다.

고맙습니다.

2007년, 여느 해보다 더 따뜻한 겨울에
나가이 스루미

KB269463